雁过留声

我的青葱岁月

金雁 著

山西出版传媒集团 山西人民出版社

我的姥姥和姥爷

我的父亲母亲

父亲年轻时

父亲于 1965 年摄于西安。他身上穿的,是我家用积攒两年的"工业券"购买的一套毛华达呢制服,为了省下布票给我们孩子用

我 11 岁,1965 年摄于天津

1971年报名插队前夕与同学合影

任职供销社时的留影

摄于 1975 年,在兰州大学俄语专业学习期间

赵俪生先生与他的七个嫡传弟子——"七只九斤黄"。左三立者为赵俪生先生,右三戴眼镜者是秦晖

我与秦晖在陕西师范大学唐史学会前的留影

我与秦晖在南宁

"秦老爹"与女儿

我们仨

在陕西师范大学的家中

1991年12月25日，在莫斯科河畔

1992年新年，在列宁格勒

在波兰罗兹与天主教神父合影

在波兰华沙无名烈士墓前的留影

在波兰华沙大学

在乌克兰基辅

自序：沉淀在记忆中的片段

套用托尔斯泰的句式：时代是共同的，但是每个个体的体验各有各的故事。书中这些蒙尘往事的小文，写我成长的故事、我身边的人，以及我对周围世界的认知，甚至有些只是吉光片羽的生活片段，都不算完整的记录，但我力图接近真实。因为记忆是被过滤的，是有选择性的，它不可能像电影胶片一样倒带重新播放。

每个人的记忆都带有一定的主观性和个人的感情色彩。那些往事之所以积淀在记忆中保留下来，一定是在我当时的认知范围内产生了强烈的心理震荡。个人史的回溯记述其实是"现在的自己和过去的自己之间的对话"。

我父亲一直有记日记的习惯，1995年故去的时候，留下了从1938—1978年四十年的日记，它是我了解

1949年后上一代知识分子心路历程的重要参考。有时我也会经常翻看查阅，不说别的，仅对我们兄妹三人成长历程的记录，现在读来都十分生动有趣。哥哥曾掌管着一个几百人的工厂，一日他突然来电话，说是新厂房上梁时为选吉时，一定要问明白他这个厂长的生辰八字。我女儿好生奇怪，说："他出生时还没有你，怎么向你询问，岂不是怪事。"我答："因为姥爷的日记在我手里，一查便知。"可见再好的记性也比不过文字可靠，有当时记录的文字参考，还原度要可靠些。

受父亲的影响我小学四年级开始记日记（我们那个年代记日记是很普遍的事情），插队、工作时一直没有间断，研究生毕业以后由于上课、带孩子忙碌，中断了这个多年的习惯。但是以前的通信和日记本一直保留着，随着我们多次搬家迁徙，始终放在我上大学时用的一个帆布箱子里。

到北京以后因为居住条件的限制，一些不常用的东西就挪到了阳台上。20世纪90年代有一次北京下瓢泼大雨，由于我们上班，家里没人，敞开的门窗使屋里狼狈不堪，回来后急忙抢救被雨淋湿的书籍而忽视了阳台上的东西。多日之后想起来再看，信件日记已经发霉板结，笔迹掉色晕染，受损严重，挽救不了了。

起初并没有太往心里去，觉得当年那些幼稚的笔触、带有浓厚时代语言痕迹的东西价值不大，算不上什么太珍贵之物。但是随着年龄的增长，对个体记录的感悟，每每想起来为之嗟悔不迭、心痛不已。现在想来如果有这些文字材料作为辅助，帮助回忆就会准确容易得多。

尽管我们成长的那个年代像黑白照片一样单调，或者说是一个以标准化的模式塑造无个性的时代，每一个人都被迫变成整齐划一的工具，即便如此，对于"少年不识愁滋味"的我们，也还是感觉意趣盎然，因为有一份情感在里面。就像哈维尔所说，失去故事意味着历史开始失去它的人类内容，只要没有失去创造自己人性故事的人类，就有希望。

那时候整个社会氛围都在有意压低和泯灭物质需求，哪怕多吃一块糖、喜欢漂亮衣服的一丁点"贪欲"就不停地"斗私批修"。不论是否真心，大家都"禁欲主义"般地以崇尚精神需求和追求宏大目标为抱负。那时候虽然外界的信息很少，但凡一帮人坐在一起侃大山，都离不开"三山五岳""世界革命"，而这种心中有"天下"的大命题也最能博得崇拜者和女生的青睐。

记得1973年夏季，弟弟骑了四十里路，到我所在的供销社来看我，我们俩见面好像国家领导人一样互通了一下国际形势。其实我们连自己的命运都无法掌握，却摆出一副关心"世界革命"的架势，或者说其他的路子都被堵死了，我们只能以遥远的大话题来麻痹当下，抑或对时局的敏感是那时无助小人物的一点期盼寄托吧。

父母年老的时候，我们总希望他们写点自己的经历，写写回忆录。他们总在强调："我们又不是什么大人物，没有什么好写的。"我们说平头老百姓也有自己的故事啊。正是抱着这样一种心态，我愿意把自己的成长历程呈献给大家，使读者可以通过不同个体的视角来了解当时的社会面貌。当然我也是在与自己对话，回首往事，看看自己走过的脚印。

《"五朵金花"的命运》这篇非小说、非报告文学、非回忆录，好像有些不伦不类，但这些故事都是根据我个人的所见所闻综合而写，带有那个年代的一些特殊印记，考虑到需要回避当事人的原则，只能借助第三人称的口吻叙事。运用这种在真实的基础上再创作的叙事方式，可能以后我还要撰写若干篇吧。我并不在乎如何对这类写作进行定义，只是想把我们那个时代的人和事讲述出来，所以收进这个集子也不算太突兀。

关于画插图的经过有必要交代一下。最早开始写这类随笔的时候，我发现一个规律：我们50后理解上一代人比下一代理解我们要容易。现在的年轻人对我们所处的时代有些隔膜，我们这个年龄段众所共知的事情对他们来说比较费解，于是就想到以插图形式作为补充。我小侄子是电脑高手，在电脑上绘画也很有一套，于是就请他试画了几张，效果不错。可是他有自己要忙的一摊子事情，而且80后对我们当年的服装呀、工具呀，以及时代背景等也不甚了了，一来二去就顾不上了。

于是我萌生了自己动手的念头。我们小时候都有些"连环画情结"，对文字的配图有亲切感。说实在的，小学时期我的图画一般般，没有任何天赋，只是对"线条"有些感觉，到了六十岁再上手边学边画，能行吗？我属于"笨"人，写文章画画都不太有灵气。

我先生秦晖认为我纯属"不务正业"，瞎耽误工夫，所以我最初学画的时候，"偷偷摸摸"地画，不敢铺摊子，他一来我就收起来。好在我对自己要求不高，想着试试也无妨，画好画不好都没关系，就临时抱佛脚找来一些图画书籍，一边临摹学习，一边在此基础上"改造加工"，或者对着手机上的照片画。结果先得到女儿的首肯，她把一些图放在"秦川雁塔"的微信公众号上，可能网友们知道不能把我当插画师一样要求，也是鼓励多多。

从此只要有时间，我尽可能为每一篇小文配一两张图。画了一个阶段还是有一定的提高。现在回头再看最初画的，笔法的确杂乱幼稚。出这本集子时，我曾想重新配插图效果会好一些，但转念一想这也是一种成长学习的记录，除了个别有所调整外，基本维持原样。

我一直认为这类随笔属于"正经文章"发不出来时可有可无的"闲文"。直到有一天一位朋友告诉我，相比较那些"正经"论文，我们更喜欢带有个人生活气息的讲述。有朋友开玩笑说：你的文章在某种程度上满足了我的"窥探欲"，使我们看到了"秦老爹"生活中的一面。也有网友留言说，看了《"秦老爹"记趣》笑得肚子疼。感谢朋友们的鼓励，如今把它们结集出版呈献给读者，希望大家喜欢。如果读者们感觉不错，我还会继续写下去。

2019 年 6 月 4 日

目 录

自序：沉淀在记忆中的片段　/ 001

我姥姥　/ 001

我的 1960 年　/ 025

"黑帮子女"的下放生活　/ 042

"铁道游击队式"串联　/ 063

"唯成分论"年代的经历　/ 076

插队的日子　/ 091

水的故事　/ 103

穿衣的故事　/ 113

供销春秋　/ 127

"五朵金花"的命运 / 151

"黄埔一期"考研记 / 182

"魅力导师"赵俪生 / 198

"秦老爹"记趣 / 213

"秦老爹"在农村过大年 / 249

自行车的故事 / 258

东欧见闻 / 270

我姥姥

"大小姐"与"小刺头"

这篇小文最初写于2009年9月份姥姥去世时,当时应允姨妈们和妈妈要写一篇关于宋李两家家族史的文章。但因为无暇找资料做采访一直没有完成,直到2011年妈妈患病离世都还只有架构,搁在电脑的某个文件夹里已经有几年了。后来清理电脑,无意中翻出了这个"半截子"短文,决定重新捡起来完成它。遗憾的是,随着上一代人的离去,有很多上两辈的东西已经无处询问了,原本想要撰写的"民族企业家"创业史的计划看来无法完成,只能改写成我个人对外祖母、对我周围世界的认知过程了。

秦晖老说,搞史学的人应该有点个人口述史和民间记录的自觉性，因为每个个体化的历史其实就是一部时代变迁史。以此套用托尔斯泰的句式，就是"时代是共同的，但是每个个体的体验是不同的"。我很喜欢高尔泰的一句话："人没有个体差异，亿万个如一个，就与蚂蚁无异。"既然每个个体都是独一无二的，每一个人的故事就都有其文学性、个性化的一面，我自信此文不会与流行的"姥姥文体"雷同。

我姥姥叫李彩绚，1906年生人，2009年去世，活了一百零三岁。她的父亲叫李佩实，河北南宫县人，是国内最早的民族企业家之一，20世纪20年代就在南宫县城开有皮革厂和布庄，在城里有很多地产，在济南还有一房姨太太。后来到天津发展，据说中国的第一块机织线毯就是他的工厂纺织出来的。用1949年后的阶级成分标准，是地主兼资本家；或者用稍微好听点的说法，是比"官僚资产阶级""买办资产阶级"好点的"民族资产阶级"。

李家有两儿两女，我这曾姥爷虽说得风气之先，也不免有传统观念，重男轻女。两个儿子都送到国外留洋，分别在德国学纺织机械和在日本学纺织，显然是打算让他们继承父业，以当时新兴的纺织业为发展方向。做女儿的姥姥就不像她的两个弟弟有出国留学深造的机会，她是缠过小脚的，想必家长认为，女儿家粗通点文字就行了。但她没读旧式私塾，还是读的新式完小，后来曾当过小学教员,一手毛笔字也写得不错,从所受教育看,在那个年月也算是识文断字的"新女性"吧,可是却一直在"旧家庭"里,而且似乎过得还不错。

她没有去赶"娜拉出走"的时髦,我也从未发现她对"旧家庭"有巴金小说所表现的那种不满。但另一方面,她对包括我父母那样的"娜拉"式晚辈也充满亲情,并没有试图干预他们什么,父母与她那样的长辈也没有什么矛盾。倒是我这个孙辈曾经与她很"拧巴",有过从不合拍、冲突到磨合与理解的过程。

姥姥19岁嫁到冀县的宋家。用姥姥的话说,她的婆家是"土财主",不像天津娘家那么洋气和开明,后来她也随夫到了天津。我姥爷叫宋子金,是北洋纺织学堂(姥姥这么说,但历史上好像没有这个学校,可能是北洋工艺学堂纺织科)毕业的,后来就在岳父的企业工作,一直是天津纺织业的高层管理人员。母亲是老二,上面有一个哥哥,下面有两个弟弟三个妹妹,也就是说,我有三个舅舅三个姨姨。想来姥姥管着一大家人,把一大堆高高低低的孩子拉扯成人也够不容易的。后来我经历了很多事情,才知道老人不但很懂生活,而且心理素质和抗压能力超强。

关于外祖父母的情况我就知道这么多了。我曾经看到过妈妈给组织上写的一些详细的家庭材料和社会关系情况，对她的家庭和生长环境都有细致的交代。哥哥在装修房子的时候不知道把这些文字和老照片放到哪里去了，被妈妈好一顿数落。我也挺后悔的，明知道这些文字和照片的宝贵，早点带到北京保存起来就好了。

我早期所受的教育是一个"混合体"，就像调色板上一层又一层的色彩，才形成了后来的价值观，但仍存在时间段的划分。一直到"文化大革命"前半段我都是很"革命"、很"左"的。我对姥姥的感情、理解和敬佩是随年龄的增长才逐渐加深的，而一开始却疙疙瘩瘩极不和谐，究其原因还是时代烙印加个人性格。

我们这一代人的成长，几乎都经历过一个盲从—狂热—碰壁—思索—还原个人的过程。1960年上小学以前，我和哥哥在天津姥姥家里住过一阵，我已经没有什么太深的印象了，隐约记得有一次在姥姥家里尿床，爱面子

的我，死活不让姥姥把被子晾在院子里，最后只好在褥子上面搭一条毛巾了事。1963—1964年也去过天津几次，只记得非常不喜欢跟着姥姥去看什么舅姥爷、姨姥姥之类的所谓资产阶级"遗老遗少"。在那里居然有人（应该是过去的用人）称呼她为"大小姐"，让我感觉很别扭。他们在一起叙旧，在我看来就是"怀念旧社会"，和我们当时所受的"只有工农才光荣"的教育显得格格不入。

有一次去红桥区荣茂里，姥姥指着那个街道说："原来整个胡同的这一片都是我们家的。"我一听就很反感，明摆着是剥削阶级的"不义所得"吗？因为年龄太小，不知道该怎样表达，只能以调皮捣蛋闹别扭来"抗议"，搞得姥姥很纳闷：平时挺温顺的一个小小妮子咋就这么不听说呢？到了姨姥姥家，正好赶上有人给她送"公私合营"以后的股息分红，我听那词儿——"资方人士"——就觉得不是什么好事，想起当时看过的"六号门""三条石"阶级斗争教育展览，资本家个个都是面目狰狞的反动人物，就会欺压剥削工人，实在不愿意把他们与自己的长辈作联想，于是就待在院子里死也不肯进屋。

我们这些50后、又是在机关大院环境中成长的小孩，面对着"高成分"的老辈，多少有些"埋怨"。从小在"革命的"父母辈那里接受的话语系统与再上一辈老人的传统观念格格不入，对祖父母、外祖父母的家庭我都不喜欢，但是家庭没法选择。用当时的话说，父母都是建国前就背叛了"剥削阶级"家庭走上了革命道路的。我一直困惑于不知怎样把握"亲情""人伦"和"革命觉悟"之间尺度，所以与姥姥的关系一直就有些疙疙瘩瘩，但是毕竟相处时间短，大人们可能还感觉不到什么。

我不知道1949年政权易手对选择"正确站队"的父母来说，是如何处理与"剥削阶级"家庭之间的关系的。后来阅读父亲的日记才知道，其实他们的"两难"处境远比我难堪。1960年大饥荒，爷爷和奶奶在山东老家过不下去了，跑来西安投靠当干部的大儿子，父亲向组织上汇报，得到允许留下了"地主家属"的奶奶，送走了"地主分子"爷爷，没多久爷爷就在老家"病故"了，实际上是饿死的。父亲在日记里（他在学生时代的日记抨击时政嬉笑怒骂内容生动，50年代后的日记就是干巴巴的流水账了）没敢表现出半点愧疚，但是他背地里陪着奶奶落泪我是看见的，能够感觉到小人物在大时代下的挣扎和无力，以及人性与政治之间的背离。

1965年我因为眼睛弱视，住在姥姥家定期去天津眼科医院治疗，于是就借读河东区田庄小学五年级上学。这一年和姥姥有比较长时间的接触，我的"叛逆性"和"革命警惕性"进一步显露，与姥姥之间"叮咣"的小冲突不断。那个时候的我在姥姥眼里，一定是一个难以管教的"刺头"孩子。姥姥这种大户人家的人总要讲究一些老礼,嫌我举止不雅,站没有站相坐没有坐相,总是对我说,好习惯要从小养成。而我却认为这些都是"封、资、修"的旧道德旧礼仪,不愿遵守。但从当时留下的照片看,姥姥的训导对我还是有潜移默化的作用,那时的我就显得比前后阶段要洋派和文静。

1965年正是"文化大革命"前夕大讲"阶级斗争"的年代,那时候上演的戏剧电影都是《千万不要忘记》《夺印》《霓虹灯下的哨兵》等,这种氛围下的我始终绷着一根"阶级斗争"的弦,与形势保持一致,甚至还有意识表现出"矫枉过正"的反叛。现在想来可能有两个原因。第一,在我眼里姥姥的权威不如父母,想着脱离了父母的视线肆意妄为地造次一下也无妨。第二,潜意识里我有个口头上不愿承认的心理:从母亲带回来的内部资料上,我知道父亲在1964年"反修"问题上犯了"错误",遭到轮番批判,我想以自己的"革命"来逃避被社会孤立和歧视而有意为之。当然这是后来的认识,在十岁出头那会儿,只是无意识的"逆反"表现。

因为姥爷的工作关系,姥姥一家住在天津国棉一厂一栋日式小洋楼里,生活虽不能说十分富足,但在五六十年代就有抽水马桶、沙发、弹簧软床以及皮大衣和一些首饰,和我们从小生活在父母机关,什么都由公家统一配给、吃食堂、上寄宿学校的环境显然很不一样。其实他们虽然"家底"厚实，但当时仅就现金收入来说，姥姥家可能还不如我父母家，却因为旧时的"大小姐"精打细算善于调度持家，无疑比我们过得经济而精致。

比如说，同样是吃虾，在我们家里嚼吧一通就完了，可是姥姥把虾段清蒸、虾头油炸、虾皮做汤，炸过虾的虾油提鲜酱油，一虾能够几吃。买来一块肉，根据不同部位炒肉丝、剁馅、做肉皮冻，没有一点浪费糟蹋的。同样烧出来的菜，在我们家不讲究餐具，盛出来装到大搪瓷碗里能进肚子就行，而姥姥家有各种不同的餐具，有对应的一套细瓷鱼盘、汤盆、水果盘，连吃米饭的碗与吃面食的碗都不同，显得很在意细节。对这种生活我是既享受又有几分抵触。

姥姥家里有不少公私合营前记过账的老旧账本，通常只有一行记载而大半空白，纸张又极好。我不但把它送给同学们当草稿本，自己也毁坏了很多本。现在想想这就是可贵的第一手经济史资料啊！姥姥经常给我讲一些老辈创业发家的故事，都是"第一代民族企业家"的精彩案例，可是我当时不但不喜欢听，还指着那些家具、衣物顶撞她说："这些还不是靠剥削得来的。"

我认为她是对当前"新社会"不满，怀念剥削阶级的生活，并时常与她辩论。她虽然读报听广播，学习能力很强，常蹦出一些新名词，对形势的脉搏略知大概，但毕竟辩不过我。于是就给我父亲写信，说我受的教育有问题，违背了一些常识。父亲一直很尊重姥姥，每次写信都恭恭敬敬地称其"岳母大人"或"先生"（对长辈的知识女性也称先生，这是我进大学后才熟悉的），接到姥姥的"告状信"后父亲就来信批评我不尊敬老人。我立刻就用报纸上的语言、"阶级斗争"什么的说辞回应，搞得父亲很尴尬。用常识教育我，显然就和国家的意识形态相冲突，但他又不愿意用流行思想把我变成丧失了亲情、人性和理智的"头上长角、身上长刺"的"小造反派"，无奈之下只能把我召回身边，实际上仍然没有从根本上解决家庭伦理和现行政治之间的冲突。

"亲情最大"

回来后就知道了为什么父母要把我送去姥姥家。"文化大革命"前夕父亲因为犯了"修正主义"错误，从西安的西北局大院被下放到甘肃最贫困、最苦旱缺水的定西地区。从西安转换到天津的"资产阶级"环境我过不惯，但从十里洋场的天津卫一下回到黄土穷山，反差就更大了。最大的变化还不是城乡贫富之差，而是家庭生活的改变。我们这种"双职工"家庭的日子，本来就过得跟头咕噜，到了县里父亲常年不在家，母亲对我们采取任其"自然天成"的"粗放型散养"模式。虽说父母的工资是全县最高的，平日里似乎可支配现金远远在平均水平之上，但其实除去给老人的，工资几处用，到我们手里也没多少，加上"不会过日子"，生活质量似乎还不如我们班上那些农村户家庭的孩子。

当时父母不是不在家就是早出晚归，我们一直就是脖子上挂钥匙"自己当自己的家"。拿早上带的干粮来说，我们带的是食堂蒸的难吃的陈年玉米面发糕，同学们带的虽也是杂粮，但大多是当年的新粮，不管是黄澄澄的玉米面贴饼子，还是荞麦面小花卷，实在不济啃一个老玉米或者一个烤红薯，一拿出来就有一股扑鼻的五

谷香气。有时和同学们换着吃干粮，吃过我带的口粮以后，很多同学都说："原来以为你们这些'干部娃'比我们高级很多，现在看来真不咋地。"我因为在家做饭，经常手上的面来不及洗就到学校，遭到一些男生的嘲笑。

"文化大革命"开始，因为父亲很快成为批斗对象，头上有五顶"黑帽子"：修正主义分子、历史反革命、三反分子、黑帮、走资派（其实父亲虽然就行政级别而言可能比当地县长还要高，但是一直从事理论研究，从来没有当过任何一级现职官员）。因为父亲的缘故我和哥哥在学校里的班长职务被撤销，成为被革命队伍打入另册的"黑帮子女"，不管我本人如何"向左"努力，我的"革命生涯"也无法持续下去了。

从那之后，原来那种盲目的信仰支柱一点点地垮塌下来，我开始学会用自己的脑袋想事情。文革派性斗争正酣的时候，母亲去了县五七干校，父亲与一帮"四类分子"在水利工地上"劳动改造"。哥哥仍然不死心地住在学校，混迹于一帮高中生当中，热心于"革命事业"，有时回家吃个晚饭就走了，根本指望不上。

家里只有我和弟弟做伴，妈妈给了我们每人十元钱作为一个月的生活费。我们住的老式民房显得格外阴森空荡，尤其是厨房没有电，晚上要点煤油灯做饭，我们只好互相壮胆。一次我去四十里外的五七干校看妈妈，因为错过了晚饭时间，实在没有吃的东西，妈妈只好从别人那里借了一勺白糖，冲了杯糖开水给我充饥。当时天气已经很冷，我找不着衣服穿，只好在夏天的衣服里面硬塞了一件妈妈的秋衣，搞得里长外短，五七干校的人看了都摇头说，有娘在家和没娘在家的孩子就是不一样。

有一次我在做饭，让弟弟从房间里把热水瓶拿过来，可能是他人小拿不动水瓶而门槛又高，在台阶上绊了一下，把家里唯一一个八磅热水瓶在门槛上"啪"的一声磕碎了，吓得他缩在门槛上。一个八磅的热水瓶要

五元多钱,那也就意味着我们四分之一的生活费没了,我心里盘算着如何向大人交代,根本顾不上体验弟弟的感受,训斥他说今天晚上不能吃饭。

弟弟委屈地缩在门槛上汪着泪水不敢哭,嘴里嘟嘟囔囔地叫着妈妈,还是邻居出来打圆场说,没烫着娃就算万幸了,娘不在娃已经够可怜的了,就别再埋怨了。我一边打扫着内胆碎片一边心酸地想,没有大人的日子真不知道该咋过?虽说我从小就过寄宿生活,自认为独立生活能力挺强的,但是城市和农村、过集体寄宿生活和自己独立支撑家庭完全不一样。

而姥姥总是像"救火队员"一样出现在她的几个子女中最需要的家庭。她知道我们家里"大人缺位"的消息后,马上扔下天津家里的一应事务,乘火车赶来甘肃。姥姥的到来让我们的生活立马感觉不一样了,虽说钱还是那些钱,房子也依然是高大阴森的老房子,但不知怎的家里显得格外豁亮了,我们的胆子也大了,好像父母在与不在也无所谓了。

姥姥的到来让家里的日子显得生气勃勃,每个角落都能感觉到她的存在。老人最大的特点是虽不能把苦哈哈的日子从根本上改变,但是可以从小细节上把无聊困顿的生活变得有滋有味。我不用再当"火头军杨排风"了,姥姥做的饭本来就比妈妈做的要好吃很多倍,我就更没法与之相比了。弟弟也撒欢活泛了很多。

姥姥是老派人，经历了北洋军阀、日本人统治、国共政权的转换，什么世面没见过，对任何政权都没有太大的期望，抱有一种小百姓看你楼起楼塌的无奈和超脱，对人世间的世态炎凉早已超然度外。有一些大字报把父亲"妖魔化"得吓人，我们一时之间难辨真伪，回来告诉老人，她对那些耸人听闻的帽子只淡淡地说了句："我自己的女婿是什么样的人我心里清楚。"

老人的思维既简单又朴素，她说："我不懂政治，但是世道再变，是非好坏不会变，浊自浊清自清，一个人的对错，岁月能够证明一切。"可能一生中看惯了太多的起起落落，对我们带来的种种传单和消息，她都只是淡然听听，用她简单的语言说："现在的世道怎么了，咋不教人学好呢？"表面上看，姥姥和父亲除了嘘寒问暖，在其他问题上并没有什么交流，但是只要父亲回家的日子，家里的伙食立马上升两个等级，每顿都有不重样的可口饭菜，我们也跟着享口福。

在姥姥看来，男主人在外面奔波，家里女主人的职责就像一把大伞，是为所有人遮阳挡雨的。她有一句口头禅："亲人有难我不帮谁帮？"她说，很多人走上绝路自杀，不仅仅是因为遭到了批判，更是因为被家庭亲人抛弃。家庭就等于打仗中的最后一道防线。她总说："外面的人说什么我管不了,进了我的门就得按我的老理来——亲情最大。"人常说,有目标的人内心强大,我猜想,姥姥的目标就是使她的亲人都能过平安的日子。

她平时很少对我们的所作所为有约束,但我记忆中有两件事她是发了脾气的。一次是母亲下班的时候突然暴雨如注,姥姥让我们去给妈妈送伞,我们相互推诿不想出门,说没准妈妈在哪里躲雨呢。老人出人意料地大发雷霆,指责我们不懂事、不孝顺,不想着回馈父母,并说自己不怕小脚摔跤也要去送伞。不一会儿母亲浑身淋透了回来,好脾气的姥姥两天都不爱搭理我们,后来总说:"现在的教育是在毁人。"

还有一次,在天津当医生的大姨被下放到宁夏,经常要到乡下出诊,她的孩子萌萌没有人照看,姥姥决定接回天津自己喂养,暂时就在我们这里中转和适应一段时间。刚满周岁的孩子突然断奶离开了妈,小萌萌什么都不吃整晚哭闹不已,搞得我们所有人都睡不好觉,弟弟甚至气得对小萌萌大吼:"再哭就把你扔到城外喂狼去。"姥姥生气地说:"不许这样对待孩子。谁都有犯难的时候,亲人之间理应相互帮助。"

我们都对姥姥自己能否应付得了这么小的孩子表示怀疑。姥姥还是那种舍我其谁的态度,她尝试着用各样食物喂养小萌萌,不到一个星期,小萌萌已经可以吃米糊和蔬

菜粥了。有一回吃了满脸米糊的小萌萌爬到门槛边,被邻居家的大黄狗用舌头不停地舔舐,我们看了吓一跳。十几天以后,小萌萌已经能够扶着墙壁挪腾脚步传达姥姥的指令,对我父亲说"夫,饭",让我们大笑不已,而姥姥的原话是"叫你姨夫吃饭"。后来我有了女儿,已经年近八旬的姥姥仍然自告奋勇要帮助我带孩子,我这才体会到什么叫"亲情最大""我不帮谁帮"的真正含义。

姥姥也读报、听广播,对政治形势很熟络,还时不时冒出一些新名词,这个习惯一直持续到她百岁的时候。2001年9·11事件爆发、阿富汗开仗以后,她还在电话里说:"拉登(她竟然还知道拉登)惹了美国佬,这场仗可有的打头了,不行了你们就到我们乡下来避避。"近百岁的老人有点糊涂了,身在天津却以为是在早年的河北农村老家。她关心时事主要还是从常人生活的角度着眼。比如1969年后与苏联关系吃紧，林彪发布"一号令"，中苏要打仗的消息传来，她就预备一些类似"战备包"那样的东西，好像随时都可能有意外发生。1973年有地震的传闻，她就做了一些小包的炒面、炒黄豆、炒蚕豆，连同奶糖放在不同角落或我们的衣服口袋里，以备急需时候用。

"过松鼠的日子"

姥姥好像每时每刻都在忙碌。她的口头禅是，"有钱的时候想着没钱的时候"，以此类推，"晴天的时候想着下雨的时候"，"好过的时候想着犯难的时候"，"冬天的日子要趁着阳光充足的时候储备下来"，这样当出现不测的时候日子就能不犯难了。说白了一句话概括："防患于未然。"在姥姥眼里，再难的日子就看你以什么心态应对了。她举例说，你看松鼠一个夏天在忙什么？都在为冬天做储备。夏天是收藏的日子，夏天是晾晒的季节。她最常讲的话是："日子就看你怎么过，说难也难，说不难也不难。只要你有准备，只要你认真对待，就没有迈不过去的坎。"而正是她在接下来的困顿中，教会了我怎样面对生活、面对难题。

在天津时，我觉得这个"资产阶级"家庭和姥姥这个旧时的"大小姐"脱离"劳动人民",来到甘肃真正到了"劳动人民"中间,才发现姥姥离寻常百姓家的生活,要远远比我们这些不食人间烟火的"革命家庭"贴近得多。要是没有姥姥,离开了机关大院的我们过老百姓的日子还真不太行。我们过的日子一直都有"临时性",老是好像马上要开拔似的,而姥姥到哪里即便只住短短的几个月,也拿出安营扎寨要过一辈子的架势,有长远考虑,所以总能带给人一种安定安详感。

令人称奇的是姥姥到了任何地方,都不存在什么社交"困境"和人际关系"窄化"之类的问题,能够很快地融入当地生活。天津卫的洋派老太太和街坊邻居操着不同的方言竟然也能说到一起,没有地域性人群之间的"陌生感"和"隔阂感"。左邻右舍家的情况,我来了几年都不清楚,她几天的工夫就摸得门清,她的这种本领我到现在也学不会。

先说食物。我们每人28.5斤的定量是有欠缺的,而且粮站里供应的陈面杂粮很难做成好吃的食品。但是姥姥就能想着法地变花样,既保证营养又能满足口感:从杂面烫面蒸饺到荞麦凉面,从高粱米、小米和豆类混合蒸饭到玉米枣花饽饽,从野菜鱼鱼到粗粮豆粥,从菜团子到贴饼子……至于姥姥做的菜盒子、锅贴和打卤面,更是吃了上顿盼下顿。任何食材到她手里都会发挥出意料不到的作用,真无法想象这个当年家境殷实衣食无忧的"大小姐"是如何历练成这般会过日子的。

每一季的时令蔬菜下来的时候,姥姥都在最便宜的时候大量购进,然后做西红柿酱,晾晒茄子干、豆角干、红薯干,做酸菜,腌咸鸡蛋,家里摆满了不同的瓶瓶罐罐;还在院子里种果树,种豆角、南瓜,养鸡养兔,还养了一只大松鼠。我们平时的饭桌上丰富多样不说,整个冬季也能吃到反季节蔬菜。

而且姥姥总能够像变魔术一般变出东西来,或是

一块奶糖，或是一把花生，或是几粒虾仁，谁都不知道这些东西她是从哪里搞来的，反正总是在你最需要的时候，她就能从什么地方摸出意想不到的食物。用她的话说，"积善之家必有余庆"。而且姥姥心里从来都是装着她七个子女家的日子，总是在她所有的儿孙之间调剂，互通有无。一旦一处的某些食品略有盈余，她就会打个包裹寄往另一个食物稀缺的子女家。

有一年陇西杏子遇到丰年，便宜得扔到地下都没有人要。姥姥就铺得满院子晒杏干，杏仁则收集起来做油茶喝，杏干晾到八成干时收拢起来装进布袋，寄往其他孙子、外孙家。她不是把河北二舅家的棉花、红枣、花生寄到我们家，就是把我们穿小了的衣服寄往这家或那家。那时候邮局是不允许邮寄食品的，姥姥寄包裹的窍门是，先在家里称好相同重量的可替换物，在邮局窗口检查完毕缝合包裹的时候再偷梁换柱地在衣物中间裹进去一些食品。

再说穿的。那时我们每人每年只有一丈二的布票，而我们正在长身体的时候什么都费，不是裤子吊在脚踝上，就是衣袖肘部磨出大窟窿。不知是那时的布料不结实还是我格外费衣服，想想都觉得奇怪，就像现在我从来没有把衣服穿破一样，那时候我几乎没有穿不破的衣服。现在我一双鞋可以穿十年不坏，小的时候脚就像铁范子，再结实的鞋坚持不到半年也露脚指头了。

姥姥到来后，把我们所有的旧衣服全部翻腾出来，首先进行分类，把我们过去穿过的小衣服，寄给舅舅姨姨的孩子，把爸爸的衣物改给哥哥弟弟，妈妈过去的旗袍、呢子外套改给我穿，瘦小了的衣服拆边放褶，肥大的掐揉捏褶。姥姥说，只要有裁剪的地方就可以缩小放大，而且只要把原来的线完好拆下来，在没有缝纫机的情况下用倒钩针也能衲出平整的明线，改过以后一点也看不出来。并且在所有衣服的肩头和裤子的膝盖部位都加了夹层，然后再用染料染一染，就浑然一体了。

仅旧裤子翻改一项就有很多花样，可以里面翻新，可以前后片换位缩小，可以做棉裤里子，甚至可以改成背心，总之都是为了充分延长使用寿命。旧毛衣经过拆、洗、染、织几道工序，胳膊肘、领口这些易破损地方的毛线加入一股新线，一件结实耐用的新毛衣就诞生了。最后实在没有利用价值的布条也不能扔，用生了虫子的面打了糨糊，糊成布板还可以做鞋底用。

总之，在姥姥眼里没有可以废弃不用的东西。姥姥还劝说母亲买了一台蜜蜂牌缝纫机，说这个投资绝对值得。不久后，连哥哥弟弟都能够在缝纫机上操作了。姥姥还教会了我们很多生活小窍门，比如饭做煳了怎么办，菜炒咸了怎么办；染过的衣物用盐水浸泡不易掉色，白球鞋刷过之后蒙上一层白纸晾晒就不会泛黄，用白醋浸泡泛黄的浅色衣服可使颜色重新鲜亮，诸如此类。并教我用锥子补鞋，大大提高了鞋子的使用率。

虽说在我们那个穿戴匮乏的年代，实用几乎完全挤压了审美功能，但是我们仍想办法体现时代潮流。那时以男性化的军装为"时尚"，我嫌姥姥打造的衣服又"土气"又过于"显身材"，不愿意穿。姥姥到底经历多看得长远，说服装的式样都是轮着转，各领风头三五年，别看过去旗袍、掐腰镶边淘汰了，没准过些年你就要闹着穿了。她说，同样的衣服，"有定力的人是人穿衣服，没主见的人是衣服穿人"。这个道理我一直到很多年后才明白。

为了让我明白衣服的构造，姥姥就像庖丁解牛一样，还特地"解剖"了一件旧衣服，告诉我前后片、领窝、上腰、上袖的制作道理，以及衣服不平整从哪里寻找原因、一件服装可以放大缩小的地方。跟着姥姥解剖了衣服以后，我不但形成看服装的"立体感"，而且动手能力也大大提高，不再面对"老虎吃苍蝇无处下爪"的困境。插队以后，我自己的旧棉衣每年的拆洗缝制都可以独自完成，家里所有人的毛衣都由我来织，还经常动手自改服装。

久而久之还衍生出一个"怪癖"，每当遇到烦心事、心神不宁的时候，我就要翻出一些旧衣物进行改造。其实衣服改成什么样倒在其次，从独自坐下来拆、量、缝、熨的过程中，我的心一下子就能够沉下来，可以像旁观者一样把自己抽离出来，冷静而平和地看待问题，整理思绪，分析原因。神奇的是每当衣服改完，我的心情就能够调整复位。对我来说，改衣服的过程就是"改心情"的过程。

跟着姥姥让我真真切切感受到什么叫"过松鼠的日子"，以至于到现在已经不需要靠"储备"过日子了，而我一到夏天，看到大好的太阳却不像松鼠一样为冬季做准备，就觉得像辜负了阳光似的。看着我们逐渐步入正轨了，都学会在父母不在的情况下独立操持生活了，姥姥又赶赴宁夏，帮助天津医科大学毕业、随"六·二六"医疗队下放到银川郊区的大姨家里去了。有时候我会惊讶她那小小的个子里怎么会有那么大的能量？

我后来想，姥姥娘家是那么的"洋派"，尤其是她那留德的哥哥——我的舅姥爷家仍习惯吃西餐的（他留洋所学的知识全没用上，后来在"故衣街"里卖死人衣服）。但是姥姥嫁到"土财主"宋家好像也没什么过不去。当然那两家都算是当时的富人了，但是穷人的日子，至少是一般老百姓的日子，不也是姥姥教会我们过的吗？看来在民间，在平民百姓中，无论"中西"还是"贫富"的鸿沟都未必那么大。但是在体制内外，在"官民"之间，哪怕是革命氛围还很浓的当时，哪怕是我父亲那样资格较老但并未掌权的书生干部，哪怕是戴罪之身而非得意之时，哪怕是离开了那个自成体系的大院，实际上离真正老百姓的生活还是很远的。

我记得有人说过,"少年时代的体验将成为影响其终生的思维方式"。我不敢说姥姥对我的影响到底有多大,但有一点是确定的:就持家过日子来说,姥姥无疑是我人生中的第一位老师。套用当时样板戏《红灯记》里的一句话,"有您这碗酒垫底,什么样的酒我都能对付",后来我去插队、工作、上学、成家、出国……正是有姥姥的生活经验垫底,什么样的日子我都能对付了。

我的1960年

关于1960年,历史学家已有大量的权威性论著,但我想每个个体都有自己不同的体验。"我的1960年"就是从一个六岁的城里儿童的视角折射出当时时代的背景。其实关于1960年的很多记忆我都已经模糊,但好在父亲的日记比较完整,可以帮助我"复原"那段已经淡忘的岁月。

失败的"生产自救"

1960年我六岁,刚刚上小学一年级,我们上的是"保小"(保育院+小学),是那种全托的住校生。按说这种干部子弟学校已经算有特殊待遇的,比平民的条件好多了。可是那个年月也不过如此:我只记得学校的伙食十分糟糕，经常早上是一小碗杂豆稀饭，中午是一碗烂糊面，晚上有半块被热过几次泡得软塌塌的玉米发糕，虽然极端难吃但尚能果腹。我们都指望星期日回家能改善一下。

那时候我父母在中共中央第二中级党校（也就是后来的"西北局党校"）工作。当时一般的双职工家庭除了礼拜日平时都在食堂吃饭，大食堂的饭菜和我们学校小食堂的饭菜没什么两样，都是"瓜菜代"，一碗里我数出来最多时是十一根面条，最少的时候只有四根（父亲把这两个数字记在了日记，还说"金雁是个有心人"，这个儿时记忆于是被保存了下来），所以星期日自己动手的"家庭餐"往往是最令人期待的"大事"。母亲终归会想出一些办法来，以满足我们永远填不满的胃，比如三月份吃榆钱饭、五月份吃槐花饭、六月份吃麦粒饭，或者南瓜饭、"双蒸饭"什么的。经常是星期一刚过，我就开始"回家倒计时"了。我也曾帮助大人采购食品，拿着购物本和票证到处排队，那时候是"短缺经济"，所有的食品都是定量凭票供应。小寨食品店对我们是最有诱惑力的地方，后来商店里也出现了一些不凭本凭票的"高价食品"，贵得令人咋舌。我翻看父亲的日记知道，江米条是七元一斤，水果糖八元一斤，糕点九元一斤，而那时的人均月收入还不到十元，橱窗里令人垂涎欲滴的食品对我们而言也只能望梅止渴罢了。弟弟还敢嘬着手指嘟囔两句，我连想都不敢想，知道这种"高价"食品是拿来看的不是拿来吃的，即便嚷嚷着要，也只会遭到大人的一顿训斥。

那时单位为了解决饥荒问题，允许职工在房前屋后空闲地开荒种菜，饲养家禽，大家都热火朝天地投入生产自救。虽然按大人人数平均只分得一二分地，面积有限，但是为了决定种什么，我们家里还专门进行过一番"论证"。我们还小，实际上是大人说了算。父亲的论据很充分：第一，我们都缺少油水，应该种一点油料作物，芝麻最合适；第二，块茎作物的产量高，吃了又很容易产生"饱腹感"，可以种土豆。农活不等人，全家立即行动起来，每个星期日我们都要到那一小块"自留地"里劳作，从小小的秧苗里我们似乎看见了热腾腾的蒸土豆蘸白糖、焦黄的芝麻烙饼。忙活了好几个月，到了收获季节，不知是大人疏于管理还是书生坐而论道不懂农活，没有考虑到土壤、气候以及作物的适应性，反正我们家种的庄稼明显比别家的差。别人又是筐又是麻袋地忙碌在收获的喜悦中，有人种的南瓜大到两个小孩都抬不起来。后勤处专门在办公院的空地上放了一个大台秤，让大家过磅，并记录下来。我们兄妹三人拿着面口袋去挖土豆，结果挖出的土豆们大都只有扣子大小，果实和种子的比例大约是1∶1，总共收获了大约一碗土豆；芝麻的收成稍强一些，也好不到哪去，有大半簸箕。回家的路上因为不好意思，也羞于过秤，怕别人问起收成怎样，我们捡了几块石头装在面口袋里以充分量。很多年以后，这一次"生产自救"的经历成了我们时常提起的笑料。

种地的试验失败以后，懊丧了没几天，父亲从山

东老家用鸟笼子给我们带回来十只小花鸡,我们欢呼雀跃地立马忘掉了沮丧,兴趣转移到这几个滚来滚去的小圆球上,即便自己吃不饱,也要省出一点来喂小鸡。有一次母亲还没有吃饭,弟弟就刮了锅底去喂鸡,父亲让我们评理:是妈妈重要还是鸡重要?我说当然是妈妈重要。哥哥要显示他的与众不同,正话歪说地表示,"鸡

重要"。弟弟两边都不得罪,说妈妈和鸡都重要。这些小生命极大地丰富了我们的生活,牵动着我们的喜怒哀乐,但是没几天,半数以上的小鸡都相继惨遭厄运。第一只惨死在爸爸的脚后跟。因为小鸡有跟脚的习性,只要有人走动小家伙们就会跟成一串,有一只小鸡跟得太紧,爸爸没注意倒退了半步,踩死了。还有一只刮风时被门夹死了,一只跳进洗脚盆里淹死了。有一只小鸡死得最惨,是被我们邻居的两位绰号"厌死狗"的秃瓢小子抓去当烧烤吃了,为此哥哥去和他们打架,我和弟弟伤心得哭了一鼻子。最后长大的只有四只。

先过"三关"

1960年冬天母亲到临潼县零口公社搞整社整风,寒假期间不上学,怕我们兄妹三人在家里打架,父亲一人照顾不过来,决定在我们三人中带一个去乡下。我们都觉得能到一个新鲜的环境里定会其乐无穷,就拼命地讲述自己的优点,好证明自己是最合适的人选。哥哥和弟弟都做了一大堆的保证,一副痛改前非的样子,表现得极为诚恳,却没有得到两位大人的首肯。我突然想起母亲曾向父亲说过,那里的食堂没有主食,经常吃不饱,浮肿现象很普遍,就讲了一个在哥哥弟弟看来简直毫无说服力的理由:"我吃得最少,饿了也不会要吃的。"没想到凭这一句话,立刻"通过审核",我胜出成为最佳人选。

去之前母亲唯恐我把农村想得过于浪漫,不停地给我打预防针,说那里有多艰苦多困难,环境有多么糟糕,没有自来水、没有电、没有冲水的厕所,所有这些都没能降低我对将要换一个环境的渴望和新鲜感。我装了一本书,拿了一身换洗的内衣,穿着我的小棉猴儿满怀喜悦地随妈妈下乡去了。

到了零口公社第三生产队(所有这些具体时间地点我都是在父亲的日记中查到的)母亲所在的驻队房东家,农村的贫困程度远远超出我的想象,几乎可以用家徒四壁来形容。院子里有两排破烂的土坯房,房东一家住北屋,我和妈妈住在小一点的南屋,一进门有一张桌子,我事后才知道这是为了方便妈妈写字从生产队搬来的;靠右手有一盘土炕,炕上摆着两个手绘的炕柜,有一个小炕桌,左边地上堆着麦草和一些农具,就是全部了。初见底层带来的惊愕让我感到很大的不适应。

到了农村要过的第一关,是学会上厕所。猪圈和厕所是一体的,第一次上厕所的时候妈妈拿了一根棍子,让我觉得很好奇,进去以后才知道棍子是用来赶猪的,否则人一蹲下来,猪就来拱屁股,等着吃屎。最麻烦的是，猪嘴上糊满屎再来拱人，会把人弄得污浊不堪，而且可能因为冬天猪更愿意吃热的，所以格外急不可耐。每一次上厕所都是一次人猪大战，有时我被猪撵得提着裤子到处转，这才体会到坐在抽水马桶上看着小人书是多么惬意。所以白天我就尽可能跑到野地里去解手，以避免那"欺生"的猪老来拱我。

第二关也是最重要的一关，就是忍受饥饿。原本我想农村的饭菜再差，也差不过我们小学，那么难吃的饭菜我都咽下去了。结果远远不是我想象的那样。"饭"倒不难吃，就是量不够，所谓"饭"只有一种，就是玉米糊糊。当时农村还在吃食堂，家里没有多余的粮食，在食堂打饭吃，一人一碗玉米糊糊，桌子上放着一碟盐，拿筷子蘸一点往碗里搅一搅，喝下去就是一餐。可以在食堂吃，也可以端回家里吃，有不少人家拿个瓦罐提溜回去再掺和点野菜什么的，可以多抵挡一阵子。我们因为自己不起火，只能吃队里食堂的那点东西。通常妈妈早上给我端回来半碗糊糊留在炕桌上就去忙了，她也从不叫醒我，可能想着多睡觉就可以少饿肚子。那半碗"吃食"每次都像是不留痕迹地"穿肚而过"。刚开始时，玉米糊糊还稠些，喝了还能顶一阵子，后来天气越冷糊糊越稀，正应了那句"饥屁、冷尿、热瞌睡"的俗语，半碗糊糊到肚里，两个屁一泡尿就什么也没有了。我记着自己向父母的许诺——"饿了也不要吃的",估计就是我要妈妈也没处找,因为我看见妈妈的两条腿肿得铮明瓦亮,一按一个坑,这可能就是大人说的"浮肿"吧。我饿得像冬天无处觅食的小兔子,往往是早饭刚过,就溜下炕在荒野的地里到处乱转,指望能找到什么填肚子的东西——被虫子吃了一半干瘪的酸枣、枯树枝上的野果子、野草根根、被人扒过几遍冻土里剩下的萝卜头,我都往嘴里塞。

第三关是适应农村的气候。按理说临潼和西安都属于关中平原，两者相距不过几十里远，气候应该没有明显的变化，但不知怎么的，我感到乡下的冬天格外冷。也许是农村除了火炕没有其他的取暖方式，也许是空旷处显得格外风寒，我穿着毛衣、毛裤、棉鞋，外面还套着一个带帽子的棉猴儿，仍然冻得缩手缩脚。我属于末梢神经不好的人，即使大夏天也手脚冰凉，在这样的天气里手脚就更像冰坨子。屋里的窗纸上破了一个小洞，就感觉北风呼呼地往里灌，妈妈说，这就叫"针尖大的眼，斗大的风"。我们睡的火炕只能说不冰凉而已，晚上脱了衣服进被窝时需要咬咬牙才能钻进去，早晨也要鼓足勇气才能从被窝里爬出来。

就这三关已经让我后悔不迭了，与我所期盼的新鲜浪漫一点也不一样，想想在家里和哥哥弟弟抢小人书打架也是一种甜蜜的感觉，要不这会儿都听到"小喇叭"熟悉的"嗒滴嗒—嗒—嗒"的广播前奏，听到孙敬修爷爷讲故事了。但是显然后悔也没用，一时半会儿是无法回去的，谁让我自告奋勇地要来呢？

认识"改改"

有时候妈妈很晚也不回来，我一个人在小小的油灯下拿着翻烂了的课本，无聊至极，又冷又饿又害怕，就会跑到北屋房东家里去。对房东大人我已经完全没有印象了，但对房东家的小姑娘记忆深刻。房东家里有一个和我年龄相仿的女孩，名叫"改改"——后来我知道关中女孩以"改"为名的很多，由于重男轻女，寓意下次"改"生男孩，和华东一带女孩多叫"招弟""来弟"类似。小说《创业史》中有个改霞，我女儿小时请的保姆叫改香，她们的小名应该都是"改改"。

改改还没有上学。我记得她梳着歪歪两个羊角辫，光身板穿着一件烂棉袄，腰里系根绳子，下面是条单裤，没有穿袜子，黝黑的光脚趿拉着一双她娘的旧单鞋。但她并不像我整天把手插在袖筒里，而是忙里忙外地要管猪，还要管弟弟。对了，改改有一个还不会走路的弟弟，叫"噗"（不知道究竟是哪个字）。这么多年之所以还能记住小男孩的名字，是因为我一叫"噗"的名字，就把油灯给吹灭了，改改只好摸黑到灶里引火。我屡试屡灵，坐在炕上任何一处，只要大叫一声"噗"，油灯准灭，所以我说，"噗"应当改名叫"灭灯"。

很快我就跟改改混熟了，早上一醒来，喝完糊糊，我麻溜地下地跑到改改家里的炕上去。改改家的炕烧得比我们的热，坐上去不再有那么刺骨的寒冷。因为我的棉猴儿上有帽子，改改笑我穿得像个"鳖盖虫"，说她从来没穿过毛衣、没穿过袜子,但是一点都不冷。她指着弟弟说,他还没有穿过衣服呢。噗坐在炕上,光身子光屁股用一个小被子围起来,两个被角用一块砖头压住。那个小被子我一看就知道,是我上幼儿园时用过的,一定是妈妈拿给她们的。

改改很能干,显得比我大好多岁,凡是我认为为难的事情改改都能帮我解决。我说我不敢上厕所,因为怕那头老拱人屁股的猪。改改说,我领你去。她也不拿棍子,到了厕所里对着那头猪用陕西话大喊一声,"蹴着,不许动",猪就像能听懂她的话似的,果真老老实实地卧在那里不动了。我说炕太冷,改改进屋摸了一下,从屋外墙角处拿了一个推耙,从炕眼往里捣鼓了几下,过一阵子炕就比原来暖多了。我说吃不饱,改改迟疑了一下,在灶头处翻了翻,摸出半截红薯干,用菜刀切下多半递给我,剩下小半,说还要留一点用来哄弟弟。噗已经长牙了,会抓住什么乱啃。她说,她们从食堂里打来的玉米糊糊,先分出一点不掺野菜的留给弟弟,剩下的再倒到大锅里混上萝卜、蔓茎、土豆、野菜之类的煮一下,就会禁饿一点。看着改改充满诚意的大眼睛,我有点不好意思地收下了红薯干。

认识改改以后我觉得日子快活多了,不像刚来时那么想家、那么想回西安了。我不再像孤魂野鬼一样到野地里瞎转，妈妈回不回来问题也不大了，好像天气也没有那么冷了。有什么不懂的难办的事情，只要问改改就都能解决。我们俩——如果加上噗就是我们仨——坐在暖和的炕上笑着，玩着。我教改改写字，很快她就能用烧火棍在屋里的地上写下一个大大的"改"字。她教我玩一些以前在城里从没玩过的游戏，比如抓羊拐、抓石子等。最好玩的是抓羊拐，羊拐就是羊膝盖关节上的一块小骨头，它分四个不同的面：花生、窝窝、直板和背面。先把四五个羊拐撒开，往上扔一个石子，赶快把不同的面调整一致，再一把抓起来并接住石头，谁抓得多谁就赢。我不管怎么用心，就是玩不过改改。改改说是

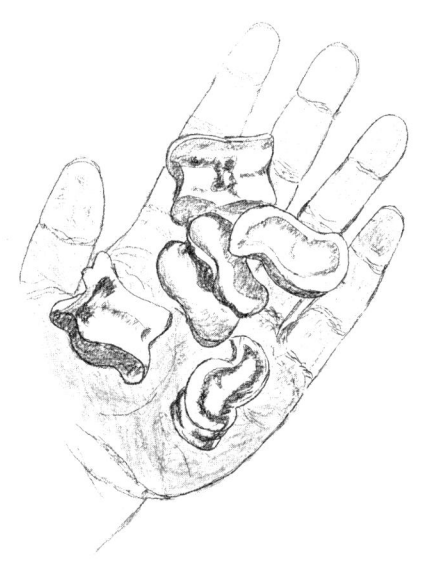

因为我的手太小，所以抓不过来。她答应等到过年的时候，一定想法帮我弄一副更小一点的羊拐，然后涂上红颜色，一定很好看的。

偷吃点心

有一天早上醒来，我怕冷赖在被窝里不愿起床，眼睛望着顶棚发呆，突然看见顶棚上吊着一个不大的篮子。我纳闷道：怎么以前就没发现呢？那里面装的是什么呢？我穿戴整齐以后，踮着脚怎么够也够不着，站在炕桌上还是够不到，把妈妈和我的被子摞在炕桌上再爬上去，手能够摸到篮子的底部，但仍然摸不到篮子里面。我四处张望，好像只有炕柜可以利用。我费劲巴拉地把炕柜移到中间，把炕桌摆在炕柜的旁边，再把被子放在炕桌的旁边，这样就形成了三个阶梯。等我把篮子拿下来，发现里面有一个熟悉而整齐的食品包，上面盖着"小寨商场"的印标。我小心翼翼地解开纸绳，看见了小寨食品店橱窗里的那种高价点心，就是我曾经认为只能看不能吃的高级点心，一共八块，每一种都不同。有酥皮的，有像月饼一样硬皮的，有鸡蛋糕、萨其马，还有裹着一层白糖的叫不上名字的好吃东西，散发着一股诱人的甜香味，馋得我直咽口水。我摸摸点心，舔舔手指头，

确定这不是我应该吃的,就把它原样捆绑起来。但是实在心里痒痒难忍,就在脑子不清醒的状态下又打开点心包,掰了一小块鸡蛋糕后飞快地把它放回原处。我像做贼似的跑到野地里三两口吃完了鸡蛋糕,心里惴惴不安地四下张望,生怕被人发现了。

自从我知道屋顶上吊着一篮点心的那一天,我整个人都是恍惚的,和改改玩的时候也显得心不在焉。心里就像有两个我在打架:一个在说,假装不知道,假装那点心从来就没有过;一个在说,吃一点点,妈妈看不出来的,只吃一次以后就再也不吃。第二天妈妈一走,我就赶快像前一天一样登高取下点心,掰下来一块后又原样包好挂起来。到晚上睡觉的时候,我听到妈妈自言自语地说:"好像谁动了这炕柜?"我转过脸去假装睡着了。以后每天我都会动作熟练地来这么一个回合,逃到野地把点心吃完再回来。我也曾想,要不要掰一点给改改和噗吃,改改还给过我红薯干呢,但始终没有行动。只是有一次,我掰了一小块点心准备出门的时候,听到北屋里噗在哭。我进门一看,改改不在屋里,噗挣脱了裹身子的被子,光屁股爬到了炕沿。我把噗抱回炕中央,给被子重新压好砖头,他仍然咧着小嘴哭个不停。我在手指上蘸了一点点心馅儿,搁在噗的嘴里,他立即停止了哭泣,攥着我的手指使劲地吮吸着,他刚长出的四个小牙啃得我的手指好痒痒。但我怕叫改改撞见,看见我手里的东西,就赶快逃走了。

我觉得没吃几回,等到一天早上起来再解开点心包的时候,发现八块点心已经全让我一小块一小块地掰完了,我才感觉犯了错误。我并没有想把它们吃光,应该给妈妈留一点的。后来我明白这就和猪八戒吃西瓜的心态一样,不到吃完是不会结束的,就又没有心理负担地恢复了往日和改改的游戏。直到有一天天气特别冷,妈妈因为工作耽误了晚饭,她回到家里说,要让我看一样好东西。等她伸手去拿那个筐的时候,我就知道大事不好了，闭上眼睛不敢看那个纸包打开的结果。我低着头向妈妈承认，点心是我吃了。我已经不记得那一夜是怎么过去的。多少年后，我问起妈妈当时对我偷吃点心生不生气时，她竟然说，不记得有这么一回事了。

我后来知道，那几年大饥荒中陕西是全国各省（直辖市除外）中情况最好的，饿死人最少。后来我们家下放到甘肃，得知那里当年就惨了，而且有大量妇女逃到陕西与人同居求活。饥荒后其中不少人又跑回来，遗留下严重社会问题，以至于"走过陕西的"妇女成为当地人人皆知的社会现象。不过这也说明当时陕西确是中国的福地。而临潼所在的关中平原又是陕西最好的地方。而且，1960年冬的"整风整社"本身就是中央处理大饥荒惨剧的开始，导致饥荒的"五风"（共产风、瞎指挥风、浮夸风、强迫命令风、干部特殊化风）成为"整风"的对象，荒情开始好转。所以我看到的情况已经是当时中国农村不错的景象了。

春节前夕，妈妈叫一个返回西安的叔叔把我带回家去。后来我在父亲的日记中看到当天只有一句话："金雁从临潼回来了，满身都是虱子。"

我的1960年就这样过去了。

"黑帮子女"的下放生活

在"文化大革命"开始的前一年,西北局决定把一批"犯有修正主义错误"的干部带薪下放到西北五省的基层生产队去,父亲亦在此名单上,就这样我们家搬到了干旱少雨的甘肃省定西地区陇西县。杨显惠的《定西孤儿院纪事》问世以来,这个"苦甲天下"的地方被很多人熟知。其实当时我所在陇师附小的班上就有定西福利院分来的孤儿,只不过我在班上待的时间短,就到天津姥姥家借读了,升入初中后就与以前的同学失去了联系。

在陇西我最大的感受是要尽快地"入乡随俗"。我首先需要学会生存,学会生活。和我们在学校里想的是"解放世界上三分之二受剥削受压迫的劳动人民"相反,我必须先要解决自己的生存问题:如何尽快地融入当地,不叫当地的小男孩欺负,适应这里的生存条件。

顾不了自己遑论什么"解放他人",岂不是笑话。所谓开门七件事:柴、米、油、盐、酱、醋、茶。在这里,后三项可以略去:陇西人不吃酱油,也没有酱油卖;醋是凭购物本每人每月定量供应的,多了也不用想;"茶"是大人享用的东西,能弄到一二两"陕青"末子喝喝就已经很享受了,而我们小孩对此不热心。

但是应该加上一项:水。定西地区严重缺水,民间有"一碗油换不出一碗水"的说法,可见"水"宝贵到什么程度。所以对我们来说,是开门五件事。在陇西的这几年,也是我对生活最贴近、最理解、感触最深的几年,我的的确确认识到人与自然的密切关系以及生活的艰辛,对"过日子"这几个字有了切实的感受,懂得了社会底层期盼的幸福意味着什么,也开始思索为什么整天劳作的人们连基本的温饱都满足不了。

在很快到来的"文化大革命"中我成为"黑帮子女",或者叫"黑五类子女"。这种荒谬的"术语"现在年轻人已经无法理解了,简而言之就是比原来的下放身份再低一等的"贱民"。

弄"烧的"

开门五件事里的"油"和"盐",没有太多可"发挥"

的空间，只能节省着用。油是凭粮本供应，每月每人二两，实在不够的话，可以偷偷私底下买些"黑市"油，如果叫城管——那时不叫"城管"，叫"纠察"——看见了，不但东西会被没收，买卖双方都要被叫去办"学习班"。我就曾在所谓的"法纪教育学习班"做过一段义务"笔录"，知道哪儿是不讲"法治"的地方。盐的供应要好一些，可以随便买，只记得有一阵子没有精盐卖，我们买来粗糙的大盐粒子要自己捣碎了用。

开门头一桩"柴"，现在的年轻人恐怕对此没有概念，打开煤气做饭几乎是天经地义的。而那个年代我们所在的小县城，城镇居民每月有定量供应的煤炭。所谓煤炭，全凭当时的供应状况，有时是煤末，有时是煤砖，好的时候能碰到煤块。那时大人们不是在"学习班"里，就是在"劳改工地"上，或者在五七干校里，反正从此以后我们就全凭自己能力"自然天成"了，长成啥样算啥样。从父亲成为"黑帮"的那天起，我们兄妹三人似乎一夜之间就长大了，成为脖子上挂钥匙自己给自己当家的"户主"。好在我上有兄下有弟，如果一些坏小子欺负我的话，他们会找去打架的。

拉煤对于有男孩子的人家来说并不是难事，而家里从来也没把我当女孩子养着。我留着极短的运动头，跟着哥哥弟弟混在一帮男孩堆里分不出差别，平日里男孩子打架上树翻墙之类的事我也没少干过，应付体力活自然也不在话下。而且对我们来说，某种程度上拉煤还是一桩快乐大于劳累的游戏，是一次欢快的郊游。每次去买煤的时候，我和哥哥轮流拉着其余两人快跑，如果再有其他去买煤的伙伴，就更有意思了，十足的车马大战：几架狂奔的板车，载着几位半大小子，装煤的麻袋是盾牌，车上的挡板是武器，绳子绑上土块是流星锤，一路上打打闹闹甚至来不及尽兴就到了煤场。过磅装车后回去的路上就没有来时那么轻松，哥哥驾辕是"主拉"，我或者在旁边套一根绳子当"副驾驶"，或者和弟弟在后边推，遇到上坡路就几个人先推一辆车，再推另一辆。等回到家里，个个都抹成了唱包公的大花脸。

如果拉回来的是煤块，接下来的事比较简单，就是砸

金飞　绘

"黑帮子女"的下放生活

煤块，把大块的煤用榔头砸成合适的块状堆码整齐就算完事。如果是煤末，先要脱煤坯。水、煤、土按照一定的比例用铁锨反复搅拌均匀，抹平晾晒，两三天后煤坯发硬，再竖起来晾几天，然后掰成小煤块就可以使用了。

仅有煤，只是"柴"这一项的一半内容，也就是说只有了做饭的，但还无法保证取暖。我们那时睡的都是老乡家的土炕，基本上一年四季都要烧炕，否则炕会很潮。我们刚到陇西时，也买一些柴火来烧，很快就发现这样做既不经济又不实用：柴火燎得很快，但是灰烬少保暖性差。走访本地人家发现，当地人一般都用马粪、草根、麦根、枯树叶掺杂着煤末一起烧，这样既能实现持久保温，又不至于太浪费。

可这些东西街上没有卖的，都是各家孩子"拾柴"

金飞　绘

拾回来的。就是有卖的我们也买不起，那时父亲随"四类分子"在水利工地上劳动改造，工资被"冻结"了，母亲在五七干校劳动，她的那点工资要五处花费——寄给姥姥一份、奶奶一份，爸爸妈妈各拿一点，分到我们手里已所剩无几了。而"拾柴火"这类轻巧活在当地铁定是女孩子干的事，男孩子们不屑于混迹其中。

"文化大革命"期间学校停课，热火朝天地"闹革命"，我在"八一兵团"担任了一段时间的播音员工作，后来因为属于"黑帮子女"被剥夺了"革命的权利"。刚开始我还像阿Q不能革命一样，着实失落了一阵子，后来一方面因为生活的压力已经顾不上，另一方面从"革命队伍"中甩出来的"逍遥分子"越来越多，于是我也就跟着巷子里、院子里一群年纪相仿的女孩子们，背起背篓加入"拾柴火"的队伍。我们拔麦根、铲草皮、割野草、剥麻秆、扫树叶、拾马粪、砍树根……只要是能烧的，全都不放过。整个夏天如果勤奋的话，可以保证一个大土炕整年的用量。

有一次我们在城墙根的麻地旁边搂草，听到麻地深处隐隐约约传来微弱的婴儿啼哭声，有的说这是狼在学小孩哭，有的说是野猫叫，一个大点的孩子说，可能是谁家大姑娘生的"私孩子"。我们互相望了望，没有人敢去一探究竟。回到家我仔细想了想，那是从一个定点方向传来的声音，所以不可能是一个移动物，也就是说，可以排除狼、野猫这类动物。第二天一早我把这个想法告诉了大家，几个人相互壮胆，一个拽着一个的衣襟穿过茂密阴森的麻地，走到前一天发出声音的地方，在那里看见一个散落的襁褓，上面还带有动物爪子的血印，显然襁褓里的婴儿已不知给什么动物叼走了。不知为什么，一整天我心里都沉甸甸的。

最让人高兴的是"剥麻秆"。陇西种植亚麻，亚麻长成割下来以后，先要在池塘里沤几天，等纤维与茎秆

剥离以后就可以"剥麻"了。因为供销社的收购时间是定时定点的，季节性很强，短时间内必须赶剥出来，于是到那几天，家家户户傍晚都点着汽灯，敞开大门支起场子，等着女孩们上门帮工。

一般的规则是：剥麻的人付出劳动，麻秆作为酬劳可以拿走。麻秆是上好的引火材料，又直又白又好烧，烧炕引火都缺不了。而且这时女孩子走街串巷是大受鼓励的，也成为"主家"考察众多女子的一个绝佳机会。不过这也是我后来长大点才知道的，当时十二三岁又是"外地人"的我并没有意识到"剥麻"劳动背后的"社交"内容，只是觉得这帮平时土头土脸的女孩都打扮得光鲜起来，而且叽叽喳喳地很兴奋。

我跟着一堆女孩子，不管认识不认识看见亮着灯的人家就进，进去后每个人拉开一点距离（因为麻秆很长，人挨得近了容易相互干扰），就站着手工剥麻。我因为年龄小又不太会讲本地话，一看就是"新手"，剥出来的麻纤维不如别人的长，这样会影响出售麻的品级，时常会遭到"主家"的嫌弃和不悦。

这时候带我去的本地姑娘们就会帮我说话，"你家要是不要她，我们就一起去别家了"，或者"威胁"说，"明年我们就不来了！"尤其是"主家"对某位姑娘有点"意思"的情况下，她说话就更管用。也许因为"剥麻"本身的意义倒在其次，我这个"新手"就被看在众人的面子上勉强接纳了。在干活过程中，有时同去的女友也会帮我一把，使我不至于剥得太少，但大多数情况下，到干活结束时，都是别人扛着一大捆麻秆、我扛着一小捆麻秆回家。

学做饭

开门第二件事的"米"，在这种不产米的苦寒地区平常是吃不到的。适逢过年，有时粮站会供应二斤又陈又碎的籼米，而我们平时舍不得吃，一般都留作"病号饭"熬粥用。那时候我们作为"城镇居民"每个月粮食有定量供应：学生是28.5斤，职工是30斤，掺和点南瓜土豆之类的东西勉强够吃；实在不够的话，可以每月月底提前向粮站"借粮"，也就是提前把自己的定量买出来。这样每个月都提前几天，累计下来总会有一段"亏空"，我们也只能像做贼似的和一些"投机倒把分子"做"黑市交易"，购得一些议价粮贴补一下。

家里没有大人，我天然成了"杨排风"火头军，首先要会做饭。当地最常见也最经济实惠的"吃食"是面条，家家户户哪怕再穷，都有一个近两米长的大案板和一根长长的擀面棍，据说面条擀得好坏直接决定一个女人的"能干"程度和外界对她的评价。这里的新媳妇过

门以后,一家老小都等着吃"试手面"。新媳妇擀成的面皮要大、圆、薄、匀,不能破边,切好的面条要长、细、顺,宽窄一致,下到锅里如银线落下,开锅之后一筷子挑起来折叠着捞在碗里正好一碗,吃在嘴里要筋道、滑溜、不粘牙、利汤利水、没有断头。如果这一碗面吃过之后得到赞许,新媳妇在这家里的地位就算是立住了,否则将会很没面子,遭到婆家嫌弃不说,也会被妯娌、小姑之类的瞧不起。

对我而言,当时的考验远不是什么"试手面"的程度，而是把面粉弄成条就不错了。在邻居姑娘们的指导下，我蹬着小板凳已经可以独立操作了，逐渐掌握了不同季节该采用的水的温度、和面的软硬度、醒面的时间、擀面的力度，在不断的实践摸索中，水平一天天提高。等到插队的时候，我已经能"腾腾腾"掷地有声地擀出比两臂伸直还要大的、够五六个大小伙子吃的一张面来了。当然在学习的过程中也少不了"交学费"，有时面和软了吃糊涂面、面和硬了吃断头面、面煮过头了吃烂面糊、煮生了吃夹生面。哥哥弟弟知道不能把我和母亲一样要求（其实母亲和我一样也是从头学起），只能给什么吃什么，顶多小声地叨咕埋怨几句。

比面条更难做的是月底剩余的食材。每个月有50%的陈玉米面、50%的发霉芽麦面，擀面条用去了大半的白面，剩下的只能做玉米面发糕，要烫面发酵，再上锅蒸。后来发现邻居家小孩做的玉米面贴饼子远比我做的发糕好吃，就依样画葫芦照着做。贴饼子要烧柴火灶，我一个人一会儿蹬着小板凳把头伸在大锅里撅着屁股贴饼子，一会儿从板凳上下来往灶里添柴，常常是顾得了东顾不了西，自己抹个大花脸不说，最后不是饼子出溜到锅底，就是里生外焦。即便如此，家里俩半大小子吃死老子，忙得我常常供应不及，一大笸箩糊饼子一两天就见底了。

慢慢地我也开始像当地的孩子们一样能干了，会拾柴、腌咸菜、做浆水（当地的一种连汤带水的酸菜）、做搅团、补衣服、补鞋，还能挑两大桶水，正应了当时家喻户晓《红灯记》里的那句唱词"穷人的孩子早当家"。事后想来，这一阶段的锻炼对我后来的插队生活做了一个必不可少的铺垫。街上的孩子再也不跟在后面叫我"洋婆娘"和"二转子"（指不男不女的人，我当时留运动头，头发剪得很短），我已经与当地孩子融为一体，讲一口溜溜的当地方言，凡是我这个年龄女孩子该做的我都会做，男孩子该做的我也会做。我自认为甚至比当地的孩子还能吃苦，实则不然。

"大串联"

1966年我刚刚进入中学不久，"大串联"就开始了。

初时此项荣誉只属于由学校选出少数人组成的"赴京代表团"，我们初一新生想都别想。他们回来后讲述赴京沿途的革命形势以及受到毛主席接见的激动心情，对我们是极大的鼓舞。我们挤上前去争相与这些"赴京代表"握手，以求沾染点"领袖的光芒"。

不久便听说所有学生都可以免费乘车串联，学习外地红卫兵的经验。这在我们看来简直就是免费旅游。我哥得到这个消息后第一时间与几个男生组成了精干的

"毛泽东思想小分队",呼啸而去呼啸而回,两次外出。每次回来都给我们带来无比新鲜的见闻,听得我们只有仰慕的份儿。我很想加入其中,一般情况下我哥是带我玩的,不料这次遭到他们团体的一致排斥——"扒火车打架"带女生是累赘。虽然我力争表现男孩子做的任何事我都能做,还是被集体否掉了。

无奈之下我们刚上初一的四个胆大点的女生结伴而行。我们刚进校这一届女生出去串联的人不多,家长不放心十二三岁的女娃娃们到处乱跑。我十一岁那年独自从陇西县坐火车到天津,还从北京中转,一路上顺风顺水,自认为是有出行经验的"小老江湖"。其实当时有两位沈阳设计院的叔叔同行照顾,在北京转车时列车员也帮了我不少忙。

父亲支持我到外面"经风雨见世面",并且如果有可能的话,看看原来西北局党校那些同事现在的处境。

我们出发前还前怕狼后怕虎,唯恐考虑不周,觉得出远门什么都需要带。到了车站才发现,恨不能全国的中学生都出来了,很多人一个小挎包一个军用水壶,走到哪里就吃到哪里住到哪里。各地都有红卫兵接待站,吃饭住宿都不要钱,学生之间很容易就打成一片了,只要多问就没有办不到的事情。

但我们也发现,大串联远远不像我们当初想得那么浪漫。同行的其他三个女孩都是第一次乘火车，出门之前激动不已，结果发现所有的客车都严重超员，车厢里塞得像沙丁鱼罐头一样，拥挤的程度无法描述，每一个座位空间都容纳了数倍的人员。仅仅上车这一关就是很大的考验。

兰州到北京、到上海的远途直快在我们这里停靠，一律不开车门，只有个别男生从打开的车窗缝里硬挤了进去。我也想如法炮制，因为如果不这样，根本就上不了车，但是其他女生不愿意，这就意味着我们的小集体还没有上火车就可能面临解散。想着我们大家事先拉钩起誓，一路上不吵架斗嘴，不分散行动，无论任何情况都要同去同归，只能作罢。其实如果一没有人在车窗里接应，二没有人在下面助力，我是根本爬不进去车窗的。

等了很久，我们终于坐上了一趟到宝鸡的慢车。看这个架势，只能一段一段走，走到哪里算哪里了，原定直奔北京的计划根本行不通。一上车我们就挤散了，车厢里人都挤成了照片，座位下面、靠背上、行李架上都是人，吃饭、喝水的供应都无法进行。我和另外两个女生卡在厕所里动弹不得，唯一的好处是万一内急还有地方解决。

后来一个女生要上厕所，让我到她的位置上暂坐一会儿，我这才能进入车厢落座伸伸腿。车开动起来，人被晃动得均匀一些，不像刚上车脸贴脸、背靠背那么狼狈不堪。年轻人很快熟络起来，南来北往的学生讲着新动向和各地趣闻轶事，对我们这些刚刚踏进中学的人来说都新鲜无比，真是大开眼界。

我甚至还碰到一个我们学校初三的男生。因为长得黝黑，不太像汉族，他就和别人说他是"藏族"，本地土话加上俄语似的卷舌音，唬得四周的人一愣一愣的，纷纷掏出笔记本让他签名留地址。正好有一位西北民院的真藏族学生打水路过，两句藏语问答就使他露馅了。因为沿途都要给快车让道，列车走走停停，从陇西到宝鸡三百多公里的路程花了十多个小时。

到了宝鸡，刚开始我们没有出站，想着这里是大站，也许可以乘上去北京的火车。但宝鸡车站聚集了大量准备从陇海线进京的学生，几次上车"冲刺"都失败了，我们人小挤不过那些男生。由于一整天基本未进水米，已经人困马乏，只好在宝鸡休整一天从容计议。

于是我便去宝鸡市委找曾任市委常委的Y叔叔和Y阿姨，他们是父母的老同事，他们的女儿小青是我的小学同学。然而市委大字报栏里已经到处都是打倒、炮轰Y叔叔的大字报了。叔叔告诉我，西北局和党校都已大乱，所有的头头脑脑都遭到批判，凡是做过地下党的都成了叛徒，就连那些先前批判过我父亲的"反修斗士"也都成了黑帮。他忧心忡忡,也不知道这种状况会持续多久。阿姨则说,你妈心真够大的,这种形势下,还敢让一个小女娃到处乱跑。

看到宝鸡车站积压的学生,估计我们这些小女生是挤不上东去的列车的,于是约定见车就上,不再纠结是否一定要到北京了,走到哪里算哪里。最后我们挤上了前往成都的慢车。宝成线的特点是山洞多、会车多,会车的原则一般是慢车让快车、普快让直快、直快让特快,就这样一路上走走停停,几乎走了一天一夜才到成都。等到下火车的时候,我们的脚肿得像馒头一样,都不会走路了。

好在到处都有红卫兵接待站,我们被分配在成都师范,在教室里打地铺,在学生食堂吃饭。十几个人住一间教室,地上铺着体育课上用的垫子,我们四个人用自带的被子铺两床盖两床。白天就在街上看大字报,到处都是控诉李井泉、李大章、廖志高等四川"走资派"的文字。其中李井泉尤其是众矢之的,他是西南局第一书记,相当于西北局的刘澜涛,1949年前在晋绥搞土改,大饥荒时主政四川。

"文化大革命"中李井泉被川人整得很惨。但古怪的是,起来"亮相"造反并一度成为四川风云人物的,却是李井泉手下一对比他更"左"的干将,"文化大革命"前他们被李井泉整过,如今趁乱起来报复,说李井泉还是太"右"了,犯了包庇阶级敌人的罪过!

父亲关心局势,每天都搜罗很多传单,所以这些"诸侯"我都不陌生。看大字报之余,我们还去了大邑县刘文彩庄园,去了武侯祠,去了青城山……

成都到底是天府之国,虽然红卫兵接待站的伙食一般是二三两米饭加一份素菜,对我们好久没有见到大米的人来说,真是甘之如饴。而且街上的小吃种类繁多、价钱便宜,可以说既过了眼瘾也过了嘴瘾。而且我们还发现了一处地方买大米不要粮票。在陇西县大米是稀罕物,家里存着一点,有病时才抓两把出来熬粥。我记得姥姥曾经说过,小站米和粳米好吃不出数,籼米出饭量高。我怕错过这个机会就碰不到了,于是买了五斤籼

米,结果一路上这五斤米的负重增添了无穷的麻烦。

当时接到命令说,串联暂时停止,等铁路部门休整和各地接待工作更加完善以后,何时重启等待通知。我们当时认为,以后还有机会,虽然很不情愿就此打道回府,但服从命令听指挥才是毛主席的好战士。从外地取经回来,学校已经停课闹革命。我们几位初中生组成了"红色反修战斗队",领了油印机、纸张、笔墨,参考外地的传单和别人的大字报,也自己刻蜡版印传单。不久全校从高三到初一年级编制打乱,混编为八大战斗组,由高年级学生带领我们这些初中生"闹革命"。

初中生有一股"初生牛犊不怕虎"的蛮劲,革命热情尤其高涨。这种全新的生活起初对我们来说充满了新

奇和刺激感，那时候父辈还没有受到冲击，革别人的命总是刺激好玩的。我们跟在高中生屁股后面转，但是比他们更纯粹更投入，批判工作队，给老师贴大字报，一旦有了具体对象都会冲锋陷阵。

而我在批斗老师过程中下不了狠手，被革命同学认为立场不坚定。有一次学校开老师批斗大会，每个老师戴一顶高帽子，最后纸糊的高帽子不够了，就给排在后面的两个化学老师头上各扣了一个铁皮水桶。我们穿着借来的男式军装，戴着军帽系着皮带，站在台上每一个挨批斗老师的后面作押解状，以壮声势。这种角色也不是什么人都可以参与的，是被已经控制学校的高年级同学指定的。

在押往批斗现场上台阶的时候，化学老师因为水桶一直扣到脖子上，看不见前面的路，一下子就跪倒在台阶上。我完全是下意识地"哎哟"一声，就把老师扶起来了，然后一直把他扶到了台上。这下可好，立刻有人喊口号要求把我撤下来，说我阶级立场有问题。事后红卫兵组织领导人批评我，要我注意自己的行为举止。而我并不认为做错了什么，辩解道对看不见路的人来说，如何让他走到批斗台上只有两种选择，要么摘掉桶让他自己走，要么有人扶着他走。大约他们觉得我不适合做押解员，以后就不让我上台了，我还很失落了一阵子。

不久我们被高中生整合进"八一兵团"。我吃住都在学校里，连家也不回。用当时的话讲，满怀热情投入到"革命的大熔炉"中去，忙着当播音员，当宣传队员，写稿子排节目，写大字报，给高中生打下手。班上的同学分成两派，一派属于"红三司"下属的"八一兵团"，另一派属于"保皇"的"陇革"。两个群众派别都在指责对方走"封、资、修"黑路线，而自己对毛主席最忠，贯彻毛主席指示最坚决。两派由辩论逐渐升级到相互围攻动手阶段。

"陇革"的一帮男女同学占领了学校旁边的钟鼓楼（钟鼓楼也叫威远楼，是北宋年间的建筑，在县城什字中心，约有七八层楼高，是一处制高点），居高临下的大喇叭对着另一派实行"高分贝的噪音轰炸"和语言挑衅。"八一兵团"立即发起争夺钟鼓楼的战斗，未果。于是封锁下楼通道，就像马谡在街亭被围困山上一样，一连几天对孤楼断水断粮。最后他们只好认输投降，被押解下来。

坊间老百姓说，这男男女女在上面混杂一起这么些天，估计下来"娃娃都有了"。十二岁的我并不明白此话是什么意思，但知道不是好话，出于派性的缘故，就鹦鹉学舌跟着起哄。钟鼓楼上正好有我们班一个女生，她听到了就纠集一帮该派的男生要来打我，吓得我赶紧去"八一兵团"搬救兵。

眼看着"武斗"从"冷兵器"发展到"热战"。我哥和一帮高中生用墨水瓶装填土炸药和雷管引信，做手雷试验，好像效果还不错，威力挺大的，震得教室玻璃哗啦啦响。我们几个女同学在一个小教室里裁纸打浆糊，正准备写大字报的用品，突然一个"嗞嗞"冒烟的墨水瓶滚进了教室，眼看引信就要燃完，女生们一片惊慌呼喊，钻桌子翻窗户四下逃窜。我一个箭步奔向教室门口，准备夺路而逃，却被一个初三男生双手撑在门框上挡住，眼看墨水瓶就要爆炸了。

就在我脸色煞白急得快要哭出来时，听见窗外男生的笑声，我这才发现墨水瓶里既没有炸药也没有雷管，腿软得一屁股坐在地上。那帮坏小子们探头进来，说：我们打赌，看你们这群女生里会不会出一个"王杰、刘英俊"。

有人说：我们认为，金雁最有可能为了保护大家，奋不顾身把"墨水瓶"捡起来扔到窗外，结果没想到她是第一个抱头鼠窜的，看来是外强中干的"纸老虎"。我气得两天都没理我哥，认为是他带头使坏的。事后想想，如果真是土炸弹的话，怎么可能会出现堵住门口不让我们出来的事？我也是给吓糊涂了。

后来街上有了批父亲的大字报，父亲头上被扣上五顶吓人的"帽子"：历史反革命、黑帮、修正主义分子、走资本主义道路的当权派、三反分子，而且遭到游街批斗。在"老子英雄儿好汉，老子反动儿混蛋"的氛围中，我从"革命小将"沦为"狗崽子"。

"铁道游击队式"串联

1968年全国铁路串联已经停止。大约是中秋节以后,哥哥与一帮高中男生共十人要去扒火车"经风雨见世面"。

我们一帮孩子都乐意做他的同谋,筹划动身前的准备工作。弟弟从妈妈的储蓄存折中偷取了二十元钱,我则负责窃取家里的全国粮票。哥哥的一位女同学蒸了一屉自制月饼,其实就是白面与玉米面混合蒸的带甜馅小包子。一直到哥哥走了以后我们才告诉大人,反正也追不上了。

哥哥回来后,绘声绘色地向我们描述一路上过五关斩六将的神奇经历。以下摘自他写的回忆文章。需要说明的是,时隔半个世纪的记忆,具体地名和单位名称可能有误。

例如他提到在石家庄的"河北大学"遇到大规模武斗。河北大学其实是1970年由天津迁到保定的，保定确实一度以武斗激烈闻名，但石家庄（当时还不是省会）并非如此，所以我觉得哥哥大概把当时的省会与今天的弄混了，他说的可能是保定（当时被定为省会）某学校的事。但我没权利改动哥哥的回忆，好在地名虽不确定，场景却是真实的，今天的年轻人还是可以看看。

扒货车属于违法行为，当时除了学生，乞讨、告状、盲流扒火车也比较常见。我们的经验是先看货运标签，如果收货的目的地是郑州或以东什么地方就都可以坐。

我们扒过各种各样的货车，运粮食的、机器设备的，就像坐敞篷汽车一样，微风一吹那叫一个畅快。若是扒煤车或者碰到雨天，就没那么浪漫了。散装煤车一过山洞，个个都成了黑脸包公，遇上下雨天，湿透的衣服只能靠体温暖干。

一路上途经甘谷、天水、宝鸡、西安、三门峡、洛阳、郑州、邢台、石家庄、保定，处处有惊险，站站有故事。有一回有人到车站去买吃的东西，火车突然开动，车上的人怕惊动车站人员不敢大叫，只见买东西的同学抱着一摞饼子拼命追火车，跑到车厢前面使劲把饼子往上一扔，然后像铁道游击队一样奔跑着抓住货车的把手，上面的人七手八脚地拽他上来。有了这一次"小试牛刀"以后，大家都在琢磨如何在快速跑动中跳上开动的火车。

货车刚一到洛阳，就被一群头戴柳条帽，手持长矛大刀，胳膊上都箍着"二七公社"红袖标的工人纠察队气势汹汹将整个货车包围，所有扒车人员全部押送下车，集中到车站一个仓库里逐一审问。

这种场面我们见多了，其中一个同学上前摸了摸对方的刀刃笑着说："你们的刀切豆腐还差不多，远不如我们的长矛大刀。"大家哄堂大笑，紧张的气氛逐步缓和下来。我们告诉他们，我们是甘肃"红三司"的革命造反派，天下造反派是一家，我们去北京找"中央文革"反映情况。

但洛阳纠察队的人说接到"中央文革"命令，任何人不能扒火车去北京串联、告状，必须马上返回原居住地。我们才不会听那一套呢，好不容易出来了，怎么能半途而废？去北京的信心不能动摇，不到目的地誓不罢休。

面对这种情况，我们大伙商量一下，因为事先已经有奔跑扒车的训练，根据体能和机敏程度分三人一组，先侦察好要上的火车，埋伏在另一侧的车厢背后，在货车刚刚启动的瞬间，警戒的人准备散去的时候，三人小组快速冲出来扒上开动的列车。这时那些戴着红袖标的纠察队在后面追赶已无济于事了。

这次"铁道游击队"战术实战成功，大家别提有多高兴了，还挑衅地向试图阻拦人挥手示意。后来这样惊险的经历，在郑州、安阳、邢台都如法炮制，每次都如愿以偿地扒上了东去的列车。

越接近我们的目的地检查越严，碰到阻拦也越多。车一到石家庄，红卫兵和工人纠察队全部换成全副武装的军人，那阵势威严肃杀了许多。军人们腰里扎着皮带，肩跨半自动步枪，根本不听任何解释，不管什么人一律押送下车，经过严格盘查后，确认是学生的给予放行。但是车站围得水泄不通，接近车站都很难，更不要说扒车了。

没有办法，我们只好在石家庄暂住下来，稍做休息另想对策。我们来到了河北大学，进入校园，两派严重对立，气氛非常紧张。学校马路边堆满了沙袋，到处都是武装起来的学生，携带着大刀、梭镖、木棍，不时还传来枪声，高音喇叭不停播放着声讨檄文。什么"保皇派打死打伤我们的人员，血债要用血来还！"以及"XX组织今晚要发起攻势，全体人员要严阵以待，打好防御战！"

一会儿拉响了急促刺耳的防空警报，所有大楼都有专人把守，没有通行证无法进入。我们与一个小头目模样的人说明情况，他带我们见一个什么兵团的副总司令。

这位兵团副司令年龄不大，也就是二十岁出头，穿着军装戴着军帽扎着皮带，口气不小，好像在指挥"淮海战役"一样。双方谈了一会儿各地革命形势，他表示欢迎外地造反派来支援他们，并要求甘肃"红三司"与他们站在一起，大家是同一战壕的战友。

其实我们也不清楚该支持哪一派、反对哪一派，只是想找一个暂时栖身之地，当然不排除想了解其他地方的造反派是如何运作的以及全国的大形势，大家谈得颇为投机。

这位副司令爽快地给我们开了通行证，免费住在他们学校里，发了饭票免费吃饭。那时的伙食就是两个馒头、一碗稀饭、一碟小菜，但比起在货车上的日子已经是天壤之别了。

我们睡在学校图书馆一间有地毯的阅览室里，旁边就是书库，书架上的书籍只剩下十之一二，破坏得不成样子了。我们各自找了几本书，一是为了看，二是晚上当枕头。为了睡觉争夺地毯巴掌大的地方，还发生一个小插曲。两位外地来的造反派，好像是四川来的，说这里是他们的地盘，让我们到别处找地方，双方发生争执动起手来。好在我们人多势壮，十对二没过几招就把他们打跑了。这间阅览室，那可是我们睡觉的地方。

第二天早上吃过早饭，我们来到石家庄市中心，没走多远就看见两派组织游行发生冲突。两支队伍组成基本一样，前面是高音喇叭宣传车开路，第二方阵是全副武装的工人纠察队，后面是学生队伍。

两支游行队伍逐步靠近，高音喇叭喊话的声调越来越高，开始发生小规模的肢体冲突，进而演变成群殴，马路上一片混乱，冷兵器的棍棒皮带大刀全武行，石块、砖头乱飞，到处是被打得鼻青脸肿的游行者。混战之中我们也分不清哪派是哪派，亲眼看见几个人围着一个游行者，脚踹、拳打、皮带抽，棍棒乱抡，马路边躺着几十个满头是血的游行者，场面完全失控。

我们一看大事不妙，急忙撤退，赶紧跑回大

楼，从楼顶上俯视下面进展，惨烈的场景看得一清二楚。这种大规模的武斗场面当时在甘肃县城里是没有见过的。

激烈混战大约一小时后，才出现荷枪实弹的军人将两派隔离。救护车来来往往，将受伤人员拉离现场，马路上到处是丢失的鞋子、旗帜、衣服，鲜血一摊一摊。听说当天死了好几个人，确切数字无法证实。

我们在石家庄休整三四天后，继续北上，到保定车站又被执行军管的38军扣下，严禁外地学生进京。北上的检查越来越严，处处设卡，军人把守的车站无法钻空子，更不能通融。

扒车赴北京这条路怕是行不通了，必须改变策略，另觅出路。大家商量了一下，决定买票乘车去京。好在我们这一路上都是免费吃住，没有什么花销，保定距离北京也就一百多公里的路程了，票价不贵。

我们从保定步行向北走了一站，在保定北面一个小车站上买票乘车。由于担心车站不卖去京的车票，决定车票买到高碑店。大家分成五组两两去窗口买票，统一买到高碑店的慢车票，票价当时是一块多钱。前两组顺利买到了车票，第三组的人去买票时,售票员头都不抬就说:"干吗不一块买?高碑店?"大家会心一笑,看来是谨慎过度了。

手里有票底气十足,坐在客车的椅子上和坐在煤堆上的感觉就是不一样。当时查票很严,没有票一律赶下车。幸亏这趟慢车没有碰上查票的,火车过了高碑店,我们也没下车,继续坐在车上,能多蹭一站是一站,反正离北京是越来越近。

距丰台前两站下了火车,步行走到丰台,走过卢沟桥,去桥柱上数数小狮子,参观了"七七卢沟桥事变纪念馆"。然后乘公交车到了北京天安门。历经各种惊险,我们总算胜利抵达北京啦。

到北京第一天我们就去了劳动人民文化宫反映陇西的情况,那时候劳动人民文化宫有接待办事处,接待各地来京反映情况的造反派。话又说回来,各大城市的事情都处理不了,有谁关心一个小县城的事?接待人员草草打发了我们。我们许多人是第一次到北京,看什么都觉得新鲜。我们游览故宫、颐和园、天坛、地坛、军事博物馆。

十月的北京已经比较冷了,尤其到了晚上寒风刺骨,大家决定去北京火车站过夜。所有的人都顺利进站在候车的长凳上睡觉,由于我年龄小,值班人员就是不许我进去,连续闯了几次都被揪了出来,没办法只好在北京站外台阶上坐了一宿。一位老高中生担心我的安全,后半夜出来陪我坐到天亮。

哥哥他们十人的出行经历对渴望冒险的我是极大的鼓舞。似乎到达目的地的吸引力还不如一路上克服艰难险阻的故事性。而且我们已经积累了一些出行经验,便再次跃跃欲试。而这次还有一个目的——参军。

学校军管会张连长高大英俊,但更让人羡慕不已的是他的女朋友,某军区文工团的舞蹈演员。这是我们第一次近距离接触文艺兵。她穿着合体显腰身的军装,昂胸收腹,外八字脚的步伐,字正腔圆的标普,立刻就俘获了全校少男少女的心。要不怎么说"榜样的力量是无穷的",没过几天,宣传队男男女女都像唐老鸭一样撇着外八字步走路。

那时候其他就业渠道都被堵死,而在"全国学习解放军"的号召下,"支左"的军队覆盖了各行各业,参军无疑是最"伟光正"的选择。而且女兵和男兵的比例是一比几百,属于"万绿丛中一点红",当时有多少女孩憧憬在文艺兵的光环下。

那年听说招兵有一定的女兵比例,我们宣传队的人都心里痒痒的。我知道在"唯成分论"的年代,第一道政审关就会把"黑五类出身"的我拒之门外,但还是不死心。我们四个女生叽叽喳喳一碰头,顿时发现俗人所见略同,决定也冒险闯一回。

和第一次串联不同的是,这次只有我一个是新初一,其他三位都是68届老初一的,而且她们都是根正苗红的铁路子弟。由于客车查票很严格,无票乘车很快就会被清理下去的。而我们又没有那帮男生铁道游击队飞身扒车的本领,只能另外想辙。

毕竟铁路上长大的孩子办法多,她们打听到有一

趟运送解放牌汽车的货车会到西安,因为其中一位据说认识一个47军的参谋,我们想直接到部队碰碰运气,再不济也就等于串联了。我们打开汽车上的铅封钻进驾驶室。

刚开始挺兴奋的,感觉比拥挤的客车好多了,后来才发现乘货车根本没谱,不知道什么时候发车,也不知道驶向何处,每次停车也不知道停多久,又渴又饿还不敢上厕所。我们在陇西站等了好几个小时,这才听到"哐当"一声火车开动了。但走到甘谷站,车停在一个岔道上就不走了。有人下去打听,说是一天以后才发车。

机务段长大的孩子就是办法多,我们找熟人乘了一段守车,也就是押车信号员的最后一节列车到达天水。终于发现一段一段走太费事,于是我们无票乘车,上了开往西安的慢车。

查票的列车员来了以后,其中一位同学说是列车长拐了八道弯的亲戚,但是那位车长此趟不当班。一堆乘务人员围着我们四位小姑娘盘问了半天。因为他们在陇海线上跑车,要在陇西机务段加水换车头,多少认点面子,或许也觉得我们要去参军的举动有些好玩,于是同意让我们留在车上,但要以劳务抵车票。

四个人中两人随列车员打扫卫生,两人在餐车洗碗,我就留在餐车上了。那时候铁路上的盒饭是有补贴的,不收粮票,用铝制的饭盒盛着盖浇饭,吃完以后需要回收清洗。因为这种饭盒丢失率很高,所以就在每个饭盒边切出一个小三角口子,以方便辨认。但是这样洗饭盒的时候很容易划伤手。我洗了很多的饭盒,也算将功补过了。

到了西安我们两两组合投亲靠友。西北局和党校都属于"斗、批、撤"单位。这是当时特有的名词,也就是说,大批判完成后整个建制撤销,所有的人都下放到县或公社、大队一级。想着当年我们走的时候总以为会有回来的一天,现在连单位都没了,好不令人丧气。

尚有未走的小伙伴给我讲述这段时间的种种:刘北斗(西北局副书记)成为厕所清理工,王一然(西北局党校校长)收垃圾,蒋锡伯(陕西省委秘书长)家里被人扔进去大粪,一位同学的妈妈是"西北局的王光美",等等。我抄了一些大字报,准备回去向父亲汇报。

她们几位出身好的去47军找熟人,想碰碰运气,看能不能跨区当兵,可想而知不会有任何结果。我有自知之明,没有跟她们一起去。我知道就算靠跳舞初试侥幸混上,一外调政审还不得照样刷下来,索性权当故地重游吧。我们一帮发小"年少不知愁滋味",在大食堂里互相交流了几个舞蹈,以上海新舞校杂志上刚刚出来的芭蕾《白毛女》为模子,比画着学习了些高难度动作。

返程路线我们也是分段走。在天水站遇到一位二十多岁穿军装的男子,瘦瘦高高戴白边眼镜,很斯文的做派。他上前与我们搭讪,自我介绍说,他叫刘小军,是元帅之子。他跟我们讲了很多"内部小道消息"。因为我平时就比较关心时事,知道1955年授衔时的十大元帅、十位大将,显得比其他人更有"见识",也更关心这场运动的走向,所以与他聊得很投机。

最后他说在这里遇到小偷,钱粮盘缠被窃,而在军分区找父亲的下属扑了个空,又不便向其他人暴露身份,问我们是否可以借一点钱给他,事后一定加倍奉还。

这种套路搁在现在用脚丫子想都知道是诈骗。可当时我们这些小丫头哪里见过什么世面,被他的天花乱坠侃得头脑发热,对落难公子的同情心蒙蔽了双眼,真心想帮他。但是我们兜里都没钱,四个人留下一点零钱全部凑在一起也不过二十元,就都给了他。记得分手的时候,他叮嘱我们不要向外人提及此事,然后向我们敬军礼握手告别。这是第一次遇到成年人跟我们握手敬礼,多少有点受宠若惊。

大家都觉得这是我们此行最大的收获——帮助了刘小军。一个月后我在一处公检法的布告栏里看到了"诈骗犯XXX"的字样,而照片上正是那个所谓的"刘公子"。

不知道咱这段经历算不算"芳华"?

"唯成分论"年代的经历

陇西的"异乡人"

1970年我十六岁。我们全家"下放"到陇西县已经五年了。

1969年初中毕业以后,因为我们是"黑七类子女"(所谓"黑七类",指"地富反坏右"五类再加上资本家、"黑帮",父亲属于最后一类),不能升高中,不能招工,更别想招干参军了,完全就是不入流的"贱民"。实际上在某些方面,我们的地位比"地富反坏右"的子女还要低。可能还要加上一个"异"字——在本地人看来,我们是客居此地、不招人待见的"异乡人、外地人"。

在当时的社会分层结构中,表面上外地人处在"上层"。可能当时有"异地为官"的规则吧,或者与陇西当年是由解放军"一野"解放，以及1949年后西北局干部调配有关，反正我们在此地的这段时期，印象中县委、武装部这一层里陕西、河北人居多；科一级大多是湖北、四川籍的复转军人；县医院、文化馆、县一中二中的文化人当中，也是南腔北调的。加上"文化大革命"中的"六·二六"、三线企业人员增多，使这个小社会颇有点"五湖四海"的样子。

1965年刚到此地时，并没有感受到太强烈的排外感。那时讲普通话的人反而多少还有点"优越感"。但是生活深入下去就能感觉到，在真正的熟人社会里，我们是"客"，本地人是"主"。在工作和学校之外，当地真正的民间生活并没有接纳我们。要想尽快进入角色、融入其中，不是那么简单；要想从外来的"他者"变成他们认可的"自己人"，是不可能一蹴而就的。

不知为什么，家里的男性好像迟钝些，而女性都能感知到这一点，并有些"刻意"地"接地气"，我很快就能讲一口流利的本地语言了。每次邻居们向在印刷厂和面粉厂工作的妈妈要点边角纸张或喂鸡的落土粮食，妈妈都尽可能地有求必应，我们和近邻的关系都不错。巷子里的人都称呼我父亲"金老师"，尽管实际上他从未在本地任过教，而我母亲则根据当地习惯被称呼为"他金婶"。这两者看似没区别，实则透露着亲疏。

随着局势的变化，当地人对我们的态度也在转变。当时挨批斗的人当中无疑是"异乡人"占了多数。虽然"斗走资派、批牛鬼蛇神"并不带有地域歧视，可能连"造反派"都没有意识到，地域色彩与阶层构成之间有什么关联，但是看着那些此前得意的外地人被批斗，本地人的幸灾乐祸溢于言表。我想过去的优越感与现在"倒霉"时的招人反感是成正比的。

说来这里面还有一段故事呢。不知为什么父母工资这样很私密的事情，我们刚到县城就弄得众人皆知。按理说，我父母的工资级别放在北京、西安这些城市也就是一般水平，但在小县城还是显得有些扎眼。有好事者给我们家算了一笔账，觉得在人均收入十几块的小县城里，一个家庭可以达到人均收入五六十元是够令人咋舌的。曾经有人问过我："你们家那么多钱怎么才能花掉呢？"话说回来，不管多少，那也是父母在机关里评级发的，不夺不抢，凭什么就不能拿得心安理得呢？

邻里邻居互相帮衬是理所应当的，别的都好说，最让我们招架不住的是"借钱"。一般情况下倒倒手，月底借月头还，妈妈也不会驳面，但是有人借了不还倒挺理直气壮，下次依然来借钱，笃定了是没打算还的。毕竟我们还要给奶奶、姥姥寄钱，还要接济不宽裕的亲戚，为此妈妈拒绝过一两家远邻。

1965年秋天，陇西搞"第三期社教"，其中一项内容是"民主革命补课"。据说西北当年"革命不彻底"，很多"阶级敌人"漏网了，因此要重新划定成分。我家下放落户的时候，父母分别落到了自己单位，我和哥哥落到了学校，所以家里的户口簿上只有弟弟一人。等到成分张榜的那一天，九岁的弟弟哭着跑回家来，指着自己的鼻子对我们说："你们去看看吧，我是'地主'？"天真的孩子，田无一垄，房无一瓦，怎么就成了"地主"呢？

母亲去找社教工作队的人，他们推诿说，这事是领导和群众定的，他们无权调整修改。母亲只好去找县社教工作团副团长、军分区C副司令员。母亲问他："你家里是什么成分？你现在填的是什么成分？"他说："我家庭出身是'中农'，我是抗战时期参军的，现在是'革命军人'，我的儿女自然都填'革命军人'。"

母亲对他说："首先标准应该是一样的，你的孩子能填'军人'，我的孩子为什么不能填'干部'？"他说："本来可以填'革干'啊，但是你们犯错误了，就不能填'革干'了。"我母亲说："'军人''干部''学生'都是一个阶段的职业概念，如果'军人'可以作为'成分'的话，'干部'为什么不可以？至于前面的定语是另一回事，况且是否'革命'不是自己说了算的。再说，犯了错误可以改正啊，改正了就是'革命同志'。孩子的父亲还是40年代的地下党呢!"

这位C副司令员还算通情达理,他说:"你讲的这种情况比较特殊,我无权决定你那九岁的儿子是什么成分,但是我可以了解一下情况,同时向上级反映后再答复你。"后来他还真的询问了我们所在的工作组。据说在讨论我们家成分的时候,有一两位"贫协"的人特别积极地主张把我们家划成地主。理由是我们这一片没有"地主",会被上级认为工作不力。因为没有"地富",没有阶级斗争,是不利于打开运动局面的。这些人甚至说:"他们那么有钱,他们家不是'地主'谁是'地主'?"还有人说:"他爷爷是地主,孙子当然就是地主了,所以他们家作为外地迁入人员就应当是'民主革命补课'对象……"真让人哭笑不得,这都哪跟哪啊,挨得上吗?竟然没有人觉得荒唐。妈妈一想就知道,可能是没借钱而得罪了什么人。

无处讲理的地方在于,父母当时的工资和"靠剥削"的"地主"家庭没有任何关系。尤其是母亲,家中到我姥姥那一代就已经是天津纺织界的"职员"了,我母亲那一代都是靠父辈的薪水养活,延续到我们已是第四代人了,没有沾过"地主"祖先一丝的光,反而让我们孙辈都成了"地主"。

所有人都承认这件事不合理,但在那时"没有贫农就没有革命""在思想上行动上依靠贫下中农"的口号下，没有人敢出面更改。最后C副司令员提了一个个人建议："你们的子女可以填'干部'试试看。"他还补充说："不过我觉得不一定行得通。"果然，我们的档案不管个人怎么填写，只要到了县上，总会有"热心肠"的人"帮助"你改回"地主"。

后来我看到了批判C副司令员的大字报，想起妈妈说的那句话："是否'革命'不是由个人说了算的。"他只不过比父亲晚了两年"倒霉"而已。即便如此，我还是很感激他，认为他有人情味，讲道理，能够听取意见并实事求是地处理问题。母亲态度柔和地论理，虽然既符

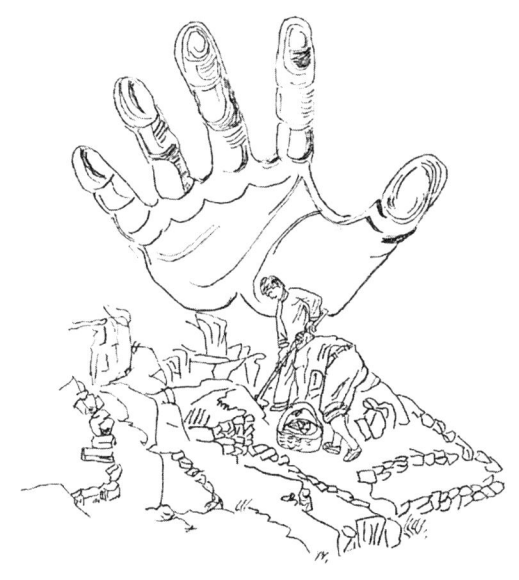

合逻辑又反映的是实情，但是如果惹得人家不高兴，整你不就像踩蚂蚁一样吗？所以虽然只见过他两次，半个世纪过去了，我依稀还能记得他的模样。

那些年，我们"黑七类子女"的日子很不好过。巷子里那些男孩子不太敢惹哥哥弟弟，专门纠集一帮半大小子起哄欺负我，向我扔石子，拿弹弓打我，在我后面喊"洋婆娘，穿洋袍，吧唧一声摔一跤""啬皮家家周扒皮，钱多砸死你，吃饭噎死你！"没给借钱那家人的孩子还放狗出来吓唬我。我当时就对这种煽动底层仇恨意识的做法很抵触，但也说不出个所以然来。

我所在的县当时还没有知青上山下乡，我就在家里一边自学看书，一边想方设法找些活计干。这期间我什么都

干过，给学习班当过记录，给城关镇当过跑腿的，这些都是义务的，只求人家能够接纳我。父母工资虽不低，但是要几处寄钱，到了月底也常常捉襟见肘，而且说不定什么时候就被冻结了，我们不得不早点自立，早点想出路。

为了生计，我和弟弟也打些零工补贴家用。我曾去苗圃锄树苗，在河滩里装沙子，帮人糊信封、糊火柴盒或者拆棉纱。但是这些活计都干不久，长则十天半个月，短则三五天。弟弟找了份跟着测绘局的人搞地质普查的工作，跑遍了全县的山山水水，学习绘图制表。我很喜欢他那份工作，可惜人家不要女的。

父母对培养我有分歧。父亲主张把我当男孩子养，凡是哥哥弟弟能做的事，都鼓励我去尝试，还曾经教过我几手搏斗防身技巧。妈妈则觉得女孩子应该有女孩子的模样，一天到晚跟在男孩子后面整得跟个"泥猴"似的，怎么得了。父亲说了一句很文言的话，原话我不记得了，大概意思是说，艰难岁月中像男孩一样皮实泼辣一点好活。我心里的小九九则是，跟着哥哥弟弟就会少受欺负——其实哥哥他们怕其他伙伴讥笑，一般不愿带着我。我剪了短短的运动头，像小尾巴似的混迹在男孩子中爬树、翻墙、打架、游戏……性格无形中多了一份生活所迫的"保护色"。

外出打工风波

1970年，一位同学的妈妈调到蔬菜公司当副主任，便介绍我去当临时工，每个月工资三十元，比正式入职员工少六元。我很欢喜，毕竟有了一份稳定些的工作，工作之余照样可以看书，也可以躲开那些起哄架秧子的讨厌男孩。

我打着四方块的背包，脸盆里装了两本《鲁迅全集》、两本《列宁全集》满心欢喜地工作去了。那个镇因是交通要道的火车站所在地，是西进的必经之路，有机务段，不管客车火车都要在这里加水或者换机头。有军需供应站、省木材转运站，还有一些厂矿企业，比起

陇西县城是一个更加外向型和包容的地方。

我们蔬菜商店在老街北面紧靠火车站的主街上,汽车总站旁边,军需物资站的斜对面。前面是门市部,后面狭长一条五间砖瓦平房是宿舍,再后面有库房、菜地和猪圈。

职工连我一共是八个人。J主任是转业军人,大概是据1962年中央"关于选调转业军人到商业服务部门"的指示分下来的。他是河北人,大高个子,一天到晚黑着脸挺唬人的。小Y和老P都是铁路上机务段的家属。小L比我大三岁,是正式职工。萍萍妈是我们厨师,因为萍萍是智障儿需要照顾,她只负责我们每天两顿饭。小S是业务加采购,不在门市部上班。L大爷既是门卫也是库房保管,还兼喂猪种菜。

宿舍的第一间是值班室,我和小L住第二间,小S住第三间,J主任住第四间,最后一间是厨房,L大爷住在后门门房里。老P、小Y、萍萍妈都是当地人,下了班就回去了。我们的工作忙闲不固定,大头在于单位采购,有时候为军车上补给,一个人恨不能生出三头六臂来都不够用;闲的时候门市部一天只光顾二三十人,也就几十块钱的零售营业额。

我很珍惜这份工作,不忙的时候就主动给L大爷打下手干别的活。L大爷有些耳背,但是很耐心,一样样地教我。我挑水种菜喂猪,看着小小的萝卜苗、茄子秧一天天长大结果，很是高兴。L大爷还专门给我划出一小块地，让我随便种什么。

L大爷把土炕刨了做肥料，还教我打土坯盘新炕。打土坯的时候，挽着裤腿光脚丫子，用长方形的四块木板条做外框，先撒一把草木灰，接下来"三锹八杵子，四个脚底子"——也就是三铁锹土，用杵夯八下。L大爷力气大，夯五下就可以了，而我则要多杵三下。然后在四个角各跺一脚，打开木条，整齐地把土坯摆起来晾干就可以了。

说实话我有些怕J主任，他一天到晚虎着脸，让人感

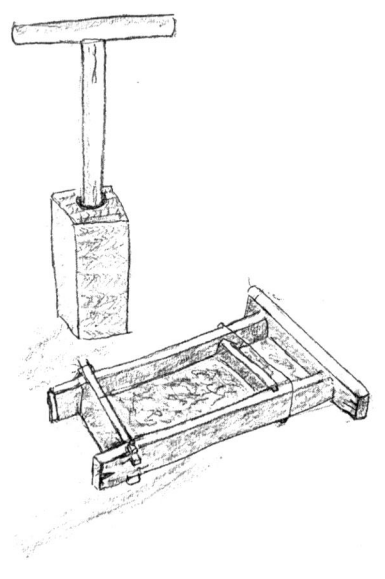

觉后脖颈子发凉，觉得自己像做错了什么。不过有两件事使我改变了对他的看法。一是有一次总社来人想打发L大爷回家。J主任说，那么大年纪了，在没有合适的人来之前就让他干着吧，多一个人也不多。还有一次J主任的女儿来看他，因为他女儿和我弟弟同一年级，我们年龄相仿又都是外地人，总有些共同语言，很快就混熟了，在一起说说笑笑，J主任看着我们也露出了难得的笑脸。

我们除了正常上班，除L大爷之外的其余七人要轮流值班。说穿了不过是在值班室里守着电话机，以防有什么重要通知，一般而言不过是换个地方睡觉而已。我到了两个月只接过一次军需供应站的电话，要求我们补充蔬菜水果，估计是过军车需要。还有一次让我们连夜上街欢呼，迎接最高指示。我喜欢值班，因为每值一次班，就有三角钱的"夜班补贴"，这样我回家的车费便有着落了。但是奇怪的是，小L不太喜欢值班，每次轮到她值班就情绪不高。

记得好像是深秋季节，一次轮到我值班，小L恰好请假回县城，小S去外地采购，晚上就剩下我、L大爷和J主任三人。那段时间我们宿舍里还不能生火烧煤炉，但是值班室有一个大铁皮煤炉已经燃起来了，我早就盘算着值班时要借着煤炉的热乎劲儿大洗一通。平日里没处洗澡，秋风瑟瑟下人缩手缩脚的，已经好多天像"猫洗脸"

随便划拉划拉，手上的皮肤都皴爆皮了。

小L临走的时候，特别嘱咐我，晚上一定要把门锁好。我说：你放心吧，有J主任还有L大爷，小偷绝对进不来。她欲言又止，最后还是什么都没说就走了。晚上我在整个院子巡视了两遍后，挑了两桶水回屋，把炉子生得旺旺的。然后我擦了一个澡，又把能洗的衣服都洗了，用竹竿搭在两把椅子上，围着火炉晾了一圈，弄得值班室热气腾腾。晚上十一点钟出去倒水的时候，见J主任在门口抽烟，问我为什么还不歇息？我还特意表现说："值班就要有值班的样子。"

最后我在房间里用力一甩手，把碰锁"咔"的一声碰死，这才准备歇了。临要睡觉时看见脸盆里的热水，犹豫了一下，又把身上的小背心也脱下来洗了，想着明天早上一准就干，这才暖暖和和地沉沉睡去。

谁知半夜里突然发现我的被子上面躺着个人，满嘴酒气。我惊得一身冷汗——明明锁门了，这个人是怎么进来的？只听那人用"公鸭嗓"说："小金，我们玩玩。"这一声"小金"，让我分辨出来是J主任，但是他完全像变了一个人。

我们那个时候经常被教育要与坏人坏事做斗争，写作文大家都说要做雷锋、王杰、刘英俊。父亲也常说，如果有人欺负你，不要示弱，要敢于斗争。我没想到会遇到领导这样的坏人。我因为没穿小背心，裸着上身，不敢起来，就拼命裹紧被子往里靠。他发现我默不作声，就得寸进尺一边抱着我的脸乱啃，一边伸手在被子下面乱摸。

我虽然慌张害怕，但也知道在这个大院子里只能靠自己了。L大爷远远地住在后门那里，就是我大声喊，别说他耳背听不见，就算听见，以他的腿脚什么时候才能走过来呀。J主任力气大，我一时挣脱不出来，躲避的过程中头碰到枕边放的应急灯。我屏住气，急忙伸手打开应急灯晃他的眼睛，趁着他眯着眼睛的光景，光着脚飞快跳下床，从晾衣服的竹竿上随便扯了一件衣物，在胳膊下面围了一圈，又用脚把小板凳、脸盆踢得叮呤咣啷，并无意中摸到了捅炉子的铁钩子。我一手举着应急灯一手拿着铁钩子，大声喊："混蛋，你出去！出去！"他也许没想到我会是这般反应，也许是被应急灯晃得睁不开眼睛，竟然迟疑了一下。

可能他知道整个前院就我们两人，回过神来便肆无忌惮地上前夺我手中的工具。我知道打不过他，看着电话，心里飞快地盘算，是随便拨一个号码呢，还是用电话去砸他？转盘电话拨打起来比较麻烦，省事的做法是把电话朝他扔出去。他发现我的目光注视着电话，许是考虑到后果的严重性，嘟囔了一句拉开门走了。那时候电话属于战略物资，无论是毁坏还是随意拨打，都非同小可，事后一定会被追究责任。

我赶紧把所有的衣服都穿上，抱膝坐在床上，这才发现刚才光脚踢小板凳把脚指甲劈了。抬头看见值班室的闹钟，是凌晨三点钟。我浑身发虚地一点点回忆，想起小L临走前的嘱咐，以及她每晚锁门之后还要在门前挡一把椅子，想必她也吃过这种亏。这时我才注意到原来碰锁上有个按钮是可以从里面锁死的，真傻！如果早留意到这一点，他就是有钥匙也进不来啊。我也十分后悔自己不该那么贪恋热水。

第二天门市营业，我一改往日的勤快和笑容，横眉怒目地站在离J主任远远的地方。老P发现我的异样，问我出什么事了？我没有讲。后来，我找公司副主任，也就是我同学的母亲反映情况，单位领导让我写了一份书面材料。

材料交上去后公司说，正好总店有一批库存很大的蔬菜需要人到基层销售，你就留在总店吧，不要回分店了。于是我再没回去过。不久，我还碰到过一次J主任的女儿，她想要和我说话，我假装没看见转到一边去了。最后我也不知道总店是怎么处理J主任的。

1971年县里号召知识青年上山下乡，我不需要任何动员，就报名插队去了。像我们这样的人，还能去哪里呢？

插队的日子

青黄不接"借粮"难

1971年我插队到陇西靠近岷县南部二阴山区的菜子公社。插队的第一年我们吃的是供应粮,和原先没有插队时一样,按月从镇上的粮站买面回来。因为强体力劳动,每个月都差几天的粮食不够吃,东挪西借或者跑回家吃几天家里人的定量,也就紧紧巴巴地凑合了。我们知青点是女生轮流做饭,这个广义的"做饭"包括挑水、捣盐、砍柴拾柴、腌咸菜之类的一系列家务,出工的人把这一天的工分匀给在家做饭的人。

有一次轮到我做饭,我手脚麻利地做完了一应活计,擀好了面晾在案板上,只等着下工的人回来再切面下面。好不容易有点空闲,我拿起一本书坐在门槛上一边看一边望着山下。等到有人扛着锄头往山上走的时候,我赶紧回身到厨房里准备煮面。进厨房一看傻眼了,不知何时房东家的猪拱开了厨房的门,鸡上了案板,好好一大张面给几只鸡糟蹋得不像样子。吓得我一身冷汗,赶紧把鸡吃剩下的面藏起来,重新和面擀面。上工的人进门看见我才做饭,都饿得前胸贴后背了,发牢骚问:"早干什么了,为什么现在才做饭?"我忙不迭地又是道歉又是安慰大家,还把我留着"有病"时冲的红糖拿出来给大家泡水喝,并声称今天的工分还给大家,我不要了,总算勉强糊弄了过去。但我心里知道,这个月的粮食缺口会更大。

我们的粮食供应到六月底就结束了。这时川里的小麦可以收割了,节俭一点的人家能勉强接上茬。可我们山里小麦才刚泛黄,离开镰还差着天数,等我们扫了面柜吃完最后一餐稀糊糊就断顿了。大家倒也不太慌张,心想生产队再不济,倒腾倒腾口袋也够我们几人度过难关。吃完这最后的晚餐,我们便拿着口袋去向生产队借粮。生产队长知道来意后满面愁容地告诉我们,队里实在是一粒粮食也拿不出来了,五保户田大爷已断顿两天,还是队里出面向其他人借的。这个十九户人家的小山村,只有不到一半的人家勉强能接上新粮,其他人家或多或少都缺粮。队里还曾经有人提议向知青借粮呢!

看来,生产队是没指望了,地里的粮食没有个把星期又进不了嘴,偶尔揪几颗没熟透的麦穗也不能顶饭吃。我们既不能喝风拉屁,又不能把脖子扎起来,只能寄希望于大队了。生产队长给大队开了张条子,递给我们时还不忘补一句:"估计大队所属的几个生产队也好不到哪里去,你们知青有面子,实在不行就向

公社借吧。"

看到整个生产队连一顿都匀不出来,我们这才傻眼,慌神地相互埋怨,平时为何不节约?为什么不早向上反映?有人出主意说,干脆到有同学的知青点上混几天,有人则主张回家,等到麦收分粮食再返回,但觉得都不是上策。吵吵到半夜没有定论,最后决定还是先借粮要紧。

第二天一早,我们就拉起板车拿上口袋,空着肚子赶到大队,但大队长与书记都不在。一直等到太阳升得老高,才见到大队书记。果然不出生产队长所料,大队也没粮,能发挥的作用只是在我们生产队长的条子上加盖一枚公章,让我们去公社借粮。这时大家已饥肠辘辘、毫无精神,还是书记催我们:"娃娃们快走,到镇上还有十五里山路,弄不好公家的人中午休息,你们就啥事也办不了了。"

我们只好顶着大太阳匆匆赶路。还好,赶在中午下班前来到公社,而公社也恰好分到一批从国际市场上买的饲料玉米,作为返销粮补贴缺粮的农户。主管救济的公社水书记二话没说就批了我们一百二十斤原粮玉米,指定到粮站提粮。到粮站正赶上人家吃午饭,我们又累又饿,像晒蔫了的茄子有气无力地坐在屋檐下,等着"公家人"午饭午休。

粮站食堂的午饭是臊子面，进出的职工端着碗，阵阵饭香飘过来，馋得我们只有咽口水的份儿。一位老职工走到我们身边，一边筷子挑得高高的哧溜哧溜地吸着机器压的细面条，一边随口"客气"一下："娃娃们吃了吗？"这种话是不能当真的。看着他碗里绿的葱花、红白相间的肉丁、红澄澄油汪汪的油泼辣子臊子汁、细长

的白面面条，我双手紧攥拳头，忍住咕咕叫的肚子小声地说"吃了"。这时我突然感觉到"公家人"和我们"庄户人"之间的天壤之别。人家是风吹不着、日头晒不着，顿顿有面、月月天熟、月月分红（而生产队只在年底发钱）；我们风吹日晒一年熟一次，按每个工值一角三分钱计再扣除其他费用，年终能分到十来块钱就不错了。

是我们"趴废"吗？

终于等到下午两点粮站的"公家人"上班，称给我们一百二十斤从加拿大进口的九分钱一斤的饲料玉米。我们讨了半碗水，一人抓了几粒干玉米扔进嘴里，慢慢用牙磨碎了咽下去。回程的路上，大家都没有力气说话了，默默地走了十五里山路，轮流把那一大口袋玉米拉回去。回到队上时，太阳已快落山，我们已一整天没吃没喝，心慌腿软，恨不能一屁股坐在田埂上再也不动了。但我们明白，如果不抓紧时间赶在点灯前把这饲料玉米弄回我们住的山上磨成面，晚上仍然没得吃。

于是几人分头行动，男生去磨坊做准备，女生运粮。要是平时，一百二十斤粮食分倒在两个背篓里背上山是极容易的事，可这会儿腿肚子像棉花一样，连人都挪不动，空背篓都扛不动，更别提背粮了。我们女生只好去队里牲口棚借驴，但牲畜出工还没有回来，只有一匹新买来的白马。因为口生没人敢用，无奈之下只好请饲养员牵出帮我们运粮。

粮食口袋杵在地上差不多有一人高，我们既不敢牵不断尥蹶子的马，又抬不动粮食，十四五岁的小饲养员折腾得满头是汗，也没把粮食放到马背上，气得他冲着我们撒气："你们知青真是一摊'趴废'（当地损人的土话），吃的给到嘴边都咽不下去，真是癞蛤蟆扶不上树，还怎么活人？也就你们知青是人，公社书记才给你们批粮食，我们多惨都没人管。"我们又好气又无奈地还击他："不是'趴废'的帮我们把粮运回去。"

后来还是叫来队里的放羊娃帮忙,我们才七手八脚地把粮运回去。倒出来饲料玉米一看,里面有不少沙粒和小石头,不能直接去磨,得先晾晒簸干净,看样子当天无论如何指望不上吃了。就这样,一碗糊糊一直顶了二十四小时,仍然没有吃到东西。我想到可以把玉米粒炒炒吃,或者去其他人家拿玉米换一顿吃喝,但看见别人没吱声,话到嘴边又咽了回去,只好喝凉水嚼饲料玉

米当晚餐。

有个女生一屁股坐在门槛上哭了起来,我不由得鼻子也酸酸的,但是我没有哭,只是在想小饲养员的一句话:"给到嘴边都咽不下去,还怎么活人?"我原以为自己历练得相当坚强了,现在看来不管是心理还是体力,都没有融入当地社会。又在想他的第二句话:"我们多惨都没人管。"从来没有真正经历过饥馑岁月的我在心里犯嘀咕:为什么大家累死累活就是养活不了自己呢?整个大队没有几户的口粮是可以管足一年的,并不完全是因为地里收成太少,那么就是"公家"收得太多?我虽然自认为已经坠落到苦难的底层,还是感觉和当地人不同,从来不认为这是我永远的归宿。不论是期盼父亲平反,还是指望招干招工,都有可能跳出农门。而当地农民呢?他们就该生来如此吗?

公家收公粮是为了建设社会主义,而社会主义是为了让人民生活得更好。可是老乡嘴里的"忆苦思甜",说的都是"引洮工程"死了多少人,我们村里的姑娘媳妇有多少"走了陕西"。我不由自主地想起了不久前传达的一份文件里的一些话:"农民生活缺吃少穿;知识分子上山下乡……"我陷入了困惑。

永远的"水红色"

第一年插队劳动分红，除了分得麦子、玉米、土豆、胡麻等食物外，我还一共得到十一元七角的现金分红。这在我们生产队里属于中等水平，有些人家不但分不到钱，还要向生产队倒交口粮钱呢。真要是没有别的来源的话，我来年的全年可支配现金就是这么多。掰着指头算算，要买盐、煤油、火柴、碱面、卫生纸、牙膏和蛤蜊油，好像怎么节省也不够花。当然我也知道，上述所有这些东西都可以从家里拿，父母也会给一些零花钱，但毕竟我感觉"自立"以后就不该向家里伸手了。

插队的山区到处是光秃秃的黄土，单调至极，草根都让人们铲去填炕了，生态变得越来越糟糕。一个冬天的劳作和沉闷的生活让人既无奈又压抑，满眼没有一点色彩。春播后不久我们去镇上赶集，发现供销社里到了一些新的花布，红红绿绿十分夺目。附近几个生产队的知青和姑娘们正围着柜台叽叽喳喳地讨论哪种更好看。我也抻着脖子望了一眼，但是她们看上的平纹花布我都没有入眼，却发现有一卷水红色与白色相间的格子府绸布格外耐看，不由得多嘴问了一下价钱。"四角六分五"，果然比平纹布的三角九分五贵了七分钱，然而人们都知道府绸是中看不中用，没有平纹、斜纹布耐磨。营业员一边忙着应付顾客，一边向我们兜售道："这几样是业务员硬从商业局抢来的花色，现在城里头早都卖断货了。"

我的开销计划里原本没有做新衣这一项，现有的旧衣服改改补补也还够穿。但是看到其他队里有知青穿出来的用那些花布做的衣服煞是好看，给灰秃秃的山村增添了一抹亮色不说，还惹来小伙子大姑娘羡慕的眼光，不由得动了心思，"臭美"之心按捺不住了，以至于晚上做梦都在惦记"水红色"。十天以后再去集上，其他花色都已经售罄，我喜欢的水红色格子布还剩下一小卷。我盘算了一下：0.465元×6尺=2.79元，再加上手工费1.2元，一件衬衫差不多要4元钱，也就是说一年劳动分红的1/4多就没有了。虽说家里可以帮我，但是，以我现在的收入水平做新衣显得有些奢侈，一时之间下不了决心，只好攥紧被手汗浸透了的11.7元讪讪而归。

再逢集日去看的时候，营业员好像记得我的面孔，抖搂着剩下的一点布说："这是这批布里最洋气的一块，你们学生娃穿再合适不过了，现在也就剩下一件衣服的材料，这么好的花色以后怕再也碰不到了。六尺二寸，算你六尺的价钱，要不我把九分钱的零头也抹了，凑个整数，你给我二元七角，但是布票不能少的。"架不住营业员的热情怂恿，我稀里糊涂买下了这块布，送到集市上唯一的裁缝铺量体做了一件衬衫。

回村的路上还是有些后悔，算一算差不多是够买五斤盐五斤煤油的钱了。待到下一个集日，我拿到新衣服试穿了一下，除了有点过于显腰身以外，别处都很合适。果真"人凭衣服马凭鞍"，晚上穿给村子里的大姑娘小媳妇们看，大家一致夸好看、提色，说衬得我的脸色也格外好。在大家的猛夸之下，我原来的那点小愧疚也随之消失得无影无踪了。

新衣服嘚瑟地穿了几回，每一次都能赢得一片好评，以至于人们从老远处看到水红色就认出我来。村里的老人摸着细腻的布料咂巴着嘴说："好看是好看，就是显得太单薄，怕不禁穿。"端午那天生产队放假，我们一行好几个女孩子去赶集，也不知是谁提议，要去照五角钱的一寸小照。我的这件水红色衬衫成为大家的摩登时装，几个人来回换着穿，不料村里一个胖姑娘猛一使劲，在背部撕开了一个大口子，吓得她照相时都不敢笑了。我也只好安慰她说："没关系，在里面衬块布补补还能穿。"话虽这么说，还是挺心痛的，毕竟花费了一年分红的四分之一还没有穿多久呢。

后来虽然穿过各式各样的衣服，但那件"水红色"永远留在我的记忆里。

水的故事

"四清"结束后,西北局高层就已掌握了这一场接一场运动的规律,也嗅出中央很快将会掀起比"四清"规模更大的运动。为了"丢卒保车"以显示"工作主动性",决定把一批"长期从事理论研究,脱离实践工作,犯了修正主义错误"的干部发配到西北五省的农村基层生产队去"改造思想"。

父亲当年在西北局党校教国际共运史时碰上"九评"(即中共中央以《人民日报》和《红旗》编辑部的名义发表的《九评苏共中央的公开信》,批判"赫鲁晓夫修正主义"),在内部讨论中对其中那篇《南斯拉夫是社会主义国家吗?》发表了书生之见,觉得铁托虽然"修正主义",社会性质还应该看"所有制",南斯拉夫既然还是"公有制",就应该算是社会主义国家吧。这话经人揭发,他便铁板钉钉地犯了修正主义。他又在讲课中说，印度尼赫鲁搞的公有制和五年计划和我们的差不多，都是学习苏联，所以不能把印度抹得一团黑。当时中苏论战、中印关系破裂，这些言论都成为罪状。我们家于是在"文化大革命"尚未开始之前就已"得风气之先"，被列入了发配之列。

1965年我十一岁，"六一"儿童节那天，我没有去参加学校组织的"六一"演出，而是黯然离开了从出生就厮混在一起的伙伴，离开了当时算得上舒适的大院生活，和家人一道迁往甘肃省干旱少雨的定西专区陇西县。上火车前的天地和下火车后的状况反差实在是太大了。

首要的一个难题就是吃水问题。陇西历史上不是个小地方，汉唐时期自不必说，李唐王朝是从这里走出去的，明清时这里则是赫赫有名的巩昌府城。可是"文化大革命"时，这里连城区都没有自来水，居民们都到井里去挑水。整个陇西城大约有六七眼长年不断水的方井，散落在不同位置，而我们住的地方离每一眼井的距离都在一里路以上。父亲要去生产队"劳动锻炼"，母亲要上班，挑水的任务自然就落在我们兄妹三人的肩上。安家的第二天，母亲就到生产资料门市部叫铁匠给我们打了一对小桶。

挑水先得学会打水。城里的这几眼井是供人取水的浅井，两米见方三米多深，有劲儿的男人扁担上挂着桶向下使劲一晃，一桶水就拎上来了。我们胳膊短力气小，站在井台边还有些害怕，只能要么借别的小孩带绳子的小桶分几次填满自己的桶，要么请周围的大人帮我们打水。但因为不会讲本地话，穿得又比别的孩子洋气，有时会遇到一些坏男孩起哄，所以一要打水我就犯怵。挑水路远可以多歇几次，却总不敢一个人到井边上去。

没多久哥哥学会了打水，但他很快上中学住校去了，也就不再承担挑水的任务。弟弟还小，我和邻居家的女孩抬了一段时间水之后，决定自己打水挑水。我咬着牙站在井边，照着别人的做法依样画葫芦。刚开始提不起一满桶水，可是挑两个半桶回去，路远又太不合算，就先分两次把一个桶填得满满的，然后打上来一个半桶，再从第一个桶里匀过来一些。

后来我蹭着井边能双手提起一桶水了，但是水桶到了井台边，我两只手都紧紧地拉住绳子，就腾不出手拎桶了。有一次，我把绳子提前在手腕上绕了两圈，以备腾出另一只手去抓桶，没料到水沉我轻，缠在胳膊上的绳子反而把我往下坠，要不是后面的人拽我一把，我就一头栽进井里了。后来的解决办法是从邻居家借一个小桶，分几次打上来填满两个桶。

人没掉到井里固然万幸，可有一次我最珍爱的一支铱金笔在弯腰打水时从口袋滑出来落入井底。这是我考上中学后好不容易从父亲那里"磨"来的,弟弟几次要借我都没舍得给他用,而且在我们全班同学中是最好的一支笔了。就连我们老师见了都说,这笔一定很贵吧。现在眼睁睁地看着它就在井里,怎么也不甘心就这么放弃了,于是用绳子绑上扁担,趴在井台上试图把它捞上来。一群打水的人也都围上来帮忙,折腾了半天毫无结果,大伙说,看样子只有到淘井的时候才能拿上来了。以后我每天挑水时都问旁边的人,什么时候淘井。看着我的钢笔静静地躺在水底捞不上来真不是滋味。然而有一天挑水时,我发现那支笔不见了。这事让我懊悔了很久,以至于多年后做梦时还看见井底的那支钢笔。

以前在城市的机关大院里,从来没有感觉到水的珍贵,甚至没有感觉到水对人的意义,总觉得用水就和呼吸空气一样自然,一开龙头水哗啦啦地流出来,要多少有多少。现在从挑水的辛苦中知道,水来之不易,而且挑来的水永远供不应求,经常是刚担回来没多久就听见刮缸刮桶的声音。因此我们总是让每一滴水都最大限度地发挥作用,洗完脸的水用来洗抹布,洗了抹布再攒起来刷鞋用,洗菜的水用来洗碗,洗完碗的水再用来和煤末。即便如此,我这两只水桶挑来挑去也保障不了家里的供给。

我叫妈妈给我换了两个成年人用的大铁皮桶,装满水有七十斤重,先是挑多半桶,后来就能挑满桶了。桶大我小,走起路来晃晃悠悠,水特别容易洒出去。后来通过观察别人,自己再慢慢琢磨,就明白挑水不能使蛮力,要用巧劲,起身要稳,走路要扭,即腰肢借着扁担摆动的节奏使劲。我还懂得水桶上有漂浮物,摇晃中的水就不易洒出去,于是夏天摘两个向日葵叶子,冬天放两块三合板。我自称是家里"70%的生命供给者",因为课本里说,人体物质的构成70%以上是水分。

几年后我插队到二阴山区的菜子公社,弟弟插队到缺水的北部地区。我很庆幸地想,生产队紧挨着菜子河,就算再穷总不至于为吃水犯愁吧。出乎我意料的是吃水仍然极为困难，菜子河要么断流，要么就是泥石俱下的洪流，很少有可供浇地或人畜饮用的涓涓细流。老乡们早上起来洗脸都用碗，一共三口水，一口漱嘴，一口擦眼屎润脸，剩下一点搓搓手。

好在我们这里还不像北部山区要吃窖水（挖一眼窖，把雨水积攒起来沉淀后饮用。水质极差，却极其珍贵，因为甘肃中部地区年降水量只有三百毫米，这是唯一的水源），还能吃到活水，在当地人看来就应该知足了。想到弟弟在北边的公社插队，使我不由得为他的生存处境担忧起来。

我们知青住在半山腰，山顶上有一眼泉水，轮到谁做饭谁就到山上挑水。山很陡，老乡家的木桶又沉，下山时平衡不容易掌握好，若前面压得太低，重心前倾会刹不住脚，担子平了后面的桶又会磕在山坡上。最麻烦的是由于山路无处歇脚，必须学会走路换肩。总之，雨天路滑晴天泉小。后来我们就学房东的样，下雨天接房顶流下来的滴檐水吃，但雨天又缺少柴火烧，反正没有好日子。

一般夏收大忙时，我们是集体出工回来再做饭。有一年夏天收工回来我去挑水，走到泉边听见扑通扑通像小泥块落下的声音，也没太在意，舀了水摇摇晃晃地挑回来倒进锅里，点着油灯雾气腾腾就下面条。大家饿极了，一人盛上一碗呼噜呼噜就往肚子里倒，个个吃得酣

畅淋漓。吃到第二碗的时候，不知谁从碗里捡出一疙瘩黑乎乎的东西问我："你今天给面里浇了什么臊子？"我想地里的粮食没下来，队里没分红，有面吃就不错了，哪还有什么浇头？

我们几个人凑在油灯底下一看，原来是一只四条腿都已长齐的小蛤蟆；再往桶里一看，剩下的半桶水里果真还有两个小蛤蟆在蹬腿呢。哇！这下子大家恶心得直呕，恨不能把刚吃的那碗饭都吐出来。我这才想起怪不得前两天挑水的时候，生产队的会计蹲在泉边抽着烟对我说，这水要定一定才能舀。原来那扑通扑通的"泥块"落水声，其实是小蛤蟆为躲避人纷纷跳下水的声音。也不知这几天我们已经吃进去几只小蛤蟆了！哇！

夏收后男生们跟着队里的强壮劳力去公社送公粮，我忙中偷闲想去看看弟弟。搭了一段便车又走了十几里山路，越往北山里走自然条件越差，山上光秃秃的连棵树都没有，草皮也都给人铲去做燃料了。干枯的土地，一脚踩下去尘土起烟的旱塬，没有在这里生活过的人难以想象出那种景象。

村口的几个光屁股泥孩子把我领到了弟弟的住所，没想到他们也拉着板车去送公粮了。既然来了，没见着人总是不行。我想，利用等他的机会帮他洗洗涮涮收拾一下也好。我翻出一堆挂着汗碱印充满汗酸味的破衣烂衫，汗水的盐分使衣服硬得几乎可以立起来。端着盆往窨里一看，窨底还没有手背深的水上飘着枯树叶和几粒羊粪，刮上来像黄泥汤一样。房东大妈看见我盆里的衣物，忙不迭地阻拦我说："娃娃哟，这活命的水可不敢用来糟蹋！"

掌灯之前弟弟他们满身汗臭地赶了回来，进门看见我连招呼都没顾上打，就端起我刮上来的那瓢窨水大口地喝。我忙夺过瓢说："小心羊粪和土！"弟弟抹去嘴边的柴火枝愤愤地回答："这鬼地方！一碗油换不出一碗水。我们这一路上都讨不到水喝，真不是人待的地方！"看着已比我高出半头、黑瘦黑瘦，成熟了许多的弟弟，知道他吃了不少苦。"缺什么都行，就是别缺水，你瞧这里水比命值钱,大姑娘出嫁都洗不上澡。"

他瞥了一眼我收在盆里的衣裳说:"你还想洗衣服,我都多少天没洗脸了。"又将可能憋了很久的怨气如竹筒倒豆子一般泄下来:

"你来的时候看见了吧,地里的庄稼没有一巴掌高,还整天宣传要'跨纲要过黄河'。解放这么多年,现在的亩产还不如解放前,我看连渭河也跨不过去。你知道这村里最穷的人穷到什么程度?连碗都买不起。在炕上挖几个窝拿白土抹抹光,把饭从连炕的灶中盛进这炕窝里,大人蹲炕下孩子趴炕头,就这么吃饭。

"从供销社买来的大粒盐用水化了装在瓶子里,吃的时候把筷子伸进去涮涮,筷子浸湿了再放到饭锅里搅

水的故事

搅,这就叫吃盐了。我们村一个小伙子,据算卦的说可能会死于干土墙下,吓得他从来不靠墙站。昨天吃晚饭的时候家里没有水,他就盛了半碗干炒面(即以豆类和杂粮炒熟以后再磨成粉,吃的时候本应加少许水搓成块状,像藏族吃糌粑一样的吃法)蹲在麦场的碾砣上干咽,可能整个脸埋在碗里又吃得太急,竟叫炒面给呛死了。所有人都说命该如此,说'算卦的真灵,这干炒面就是干土墙,光想着躲墙了,没想到命会丧在炒面这个干土里'。我就不信这一套,还不都是叫缺水闹的。但凡家里有水,加点水和着吃都不会给呛死。"

我本来想告诉弟弟,父亲已被"双开"(开除公职、开除党籍),家里的存款也被冻结了,这里可能就是我们的永久归宿了。但看着他干裂爆皮的嘴,我怎么也不忍心把这个消息告诉他。当然,后来我们都离开了那里。

后来我和弟弟对"水"却有了不同的"理解"。我惜水,他费水。我最见不得人浪费水,恨不能上厕所都赶堆的,为的是少听一次那让人心疼的流水声;弟弟却什么都可以省就是不能省水,见了水亲得跟什么似的,恨不能把上半辈子欠的水债全补上。我们都知道,这是因为当年的生活烙印太深了。

我们走了,可那里的人们还要继续待在那种环境中,不知他们现在怎样了?

穿衣的故事

在20世纪70年代之前的短缺经济时代，居民穿戴所需的纺织品供应极其贫乏，棉花制品是最主要的来源，且供小于求的局面一直无法得到改善。国家以发放票证、定量供应来限制需求的手段试图保障供需平衡。对那些不产棉的省份来说，每人每年一丈二的布票就是全部的可支配用量，不用细算，捉襟见肘的状况可想而知。

布荒与"借裤子"的尴尬

棉花制品的好处是吸汗、抗静电、手感舒适、透气性好，但牢固性差实在是无法弥补的一大缺憾。平常人家每年冬天缝制的新棉衣，到了春天掏出棉花洗一水，作为夹衣穿到五月份,再扯去里子当作单衣,如此能撑到缝新棉衣的时候就不错了,换作淘气的男孩子这一身衣服早烂成梭梭布条了。我们都处在长身体的年龄,棉布衣物显得格外"不禁穿"。

我因为跳猴皮筋和打乒乓球,再加上拾柴火做饭等,活动量比较大,一年穿破两条裤子、四双带襻的黑条绒鞋和一双球鞋是常有的事,以至于妈妈赌气地说,一定要给我打一双"铁鞋"才行。至于穿露脚指头的袜子更是"比常态还常态"。很多人家都有一种叫"袜楦子"的东西,是一个木制的脚型,补袜子的时候套进去,便于缝补。

那时我们判断棉布质量的好坏只凭一条,就是"结实"程度,基本上没有"美观"的空间,从来都是"实用压倒审美"。况且1949年以后新的审美取向是臃肿而没有腰身的"延安化",膝盖和肩膀上带补丁被认为是一种艰苦朴素的美德以及向劳动人民看齐的"双美"体现。最夸张的时候,我的一条裤子上打了十多个补丁。当时在洗得发白的裤子膝盖部位打一对补丁的时髦程度,不亚于现在的破洞牛仔裤。为了提高耐穿度,在新衣服上提前打补丁也是常有的事。

记得1967年我十三岁时,一起玩耍的小伙伴大多数只有一条裤子,我稍微好一些,也不过是枕头旁多一条换洗的而已。有一次同院的一个姑娘想到池塘里洗裤子,找我借裤子穿,等她自己的晾干了再还给我。在要好的同性朋友中借穿和换穿衣服是常有的事,但是那天就在我刚脱下裤子,只穿着勉强能遮住臀部的破烂小裤衩,正准备把裤子递给等在门口的小伙伴时,就听到她大喊:"裤子,裤子,快穿上!"我在屋里不耐烦地回答:"催什么,这就给你。"

这时只见我十分仰慕的一位高中大哥哥突然推门而入。看见我的狼狈样,他也愣了一下,随后尴尬离去。我们几个小伙伴笑成一团,借裤子的小姑娘还埋怨我说:"提醒你了,叫你赶快穿上。"我说:"我在屋里哪知道,以为是你在催我,等得着急了呢!"以至于后来我看到那位兄长都会脸红。

很多年以后,他还曾为此解释,说当时有事情来向我父亲请教,从外面进来因为室内光线暗,他什么也没看到。我忙摆手说,别解释了,越描越黑,都是因为"借裤子"才闹得这么窘。通过这件小事就足以说明,虽然我们没有达到衣不蔽体的程度,但"布荒"是仅次于"粮荒"的短缺现象。人们会想尽一切方法延长衣服的使用寿命,或者另辟蹊径寻找解决办法。

八仙过海显神通

那时候添置一床被子是一家人的大事，因为被里被面需要用掉两丈四尺布，也就意味着两个人一年没有新衣服穿。我们插队的生产队里，一般人只在娶新媳妇的时候才添置新被子。富裕一点的人家盖"毛毡"，是用杠子碾压羊毛而成的毯状物，盖在身上就像钻到一个羊毛桶里，虽然挡风，但是一点也不柔软服帖。穷一些的人家只能靠烧炕取暖，所谓"身下像火炉，身上凉飕飕"，唯一的办法就是像烙煎饼一样，烙熟了这面再反过来烙那一面。

我到上初中的时候，盖的还是小学时候的被子。因为被子太短，常常盖了上面盖不了下面。冬天的时候我总是用皮带把被子从下面扎紧，以防一蹬腿脚丫子露出来。后来母亲下狠心，花费相当于大学毕业生一个月的工资给我买了一条毛毯。(很长一段时期，大学毕业生的月工资和毛毯同步涨价，我们那里戏称大学毕业生是一年可以挣十二条毯子的"毛毯人"。)

这条毛毯一直跟着我走南闯北，夏天垫在下面防潮，冬天盖在上面御寒。结婚以后因为住房条件局促，学校从教工宿舍里分给我们一个十五平方米的单间，我和孩子、小保姆住了,就没有我先生的地方,他只好借住在学生宿舍厕所旁边一间潮湿无比的杂物间里。一天中午吃饭时他把毛毯晾晒在宿舍外的铁丝上,等吃完饭回来,毛毯已不见踪影。我不甘心地在校园里找了半天也未果。

由于凡是沾"棉"的衣物,比如棉背心、秋裤等都要收取一定的布票,那半寸长短的小纸片就格外珍贵,全都由妈妈夹在存折里珍惜使用。有一次因为售货员粗心,多收了她二尺布票,心痛得她一夜辗转反侧自我责备。如果碰到布票减半的棉绸之类物品,大家就会争相转告,排长队购买。有些物品虽不一定要布票,但也要凭购物本供应,比如缝被子的棉线、袜子、洗脸毛巾。

由于需求程度不同,在这方面有些"潜力"可挖。比如有人会反复使用缝被子的棉线;男孩子洗脸基本不用毛巾,于是有些人家就把几条毛巾拼起来当毛巾被用;或者搜罗几个购物本,把几家人的棉线供应集中染色以后编织成线衣。我就曾经用白棉线按照《冯秋萍编织大全》上的花样,给家人各织了一件线背心。

也有些人会偷偷摸摸把节省下来的布票拿到"黑市"上卖掉,希望换取其他紧需物品。倒卖布票,当时属于"投机倒把罪"和"破坏票证管制罪",如果被"纠察"抓住是要被办"学习班"或者判刑的,但是票证的地下交易从来就没有消失过。

中国被誉为"丝绸之国",除了棉之外的丝、毛、麻类用品历史也很久远。但是由于受地域环境的限制和"以粮为纲"的政策导向,这些产品产量少、价格贵

而无法大批量供应。丝绸的牢固程度比棉布更差，且轻薄、不易上色，历来被视为"资产阶级和剥削阶级"的衣料，无法进入平常百姓人家。只有像我姥姥那样早年"富贵过"、家里又是从事纺织行业的人，才能分辨出"绫、罗、绢、绸"各有什么不同织法。

毛纺织品的牢固性要强许多，可是价格昂贵且需凭工业券供应，在计划经济时代也属于"奢侈"用品，一般人家很少穿着。毛料衣服还有一个缺点是容易遭虫蛀，所以但凡喜庆节日里，大人们翻出的压箱底的毛料衣服上都散发着一股刺鼻的卫生球味。1964年母亲花费一百二十张工业券和一百五十元的"巨款"，为父亲缝制了一身毛华达呢制服，这是我们全家两年积攒下来的成果，为的是省下布票给我们用。

"臭美妞"的"臭美事"

那时候，大家的穿着都是一样的"蓝蚂蚁"，小姑娘顶多用花花绿绿的"玻璃绳"扎辫子，来体现一下"色彩"。有个阶段流行起了"一尺布翻花样"，即一尺布可以做书包、可以做裤衩、可以做胸衣、可以做假领子。处于豆蔻年华"想美"的我们都很想实践一下，软磨硬泡从大人那里各自讨来一尺布票，买来花花绿绿的布在一起制作。别人做的书包、裤衩都很成功,唯独我做的胸衣腋下和前胸的"弧度"裁剪不好,再加上我不懂得贴边另裁的道理,成品皱巴巴的,穿上比不穿更难受。

于是不停地试不停地改,越做越丑,不伦不类地挂在肚脐上面,既不像背心又不像胸罩,引得大家哈哈大笑。改到最后,剪碎的布片片只能用来做沙包和给洋娃娃做衣服了。这可以算是我第一次失败的DIY。后来我还做过假领子,也不是很成功。也许我选择的恰好是衣服的两个难点部位。

20世纪60年代已经开始有合成纤维制品供应,因为下垂感显著,俗称"抖抖料子布",虽不要布票,但是价格比棉布高。街上的孩子们都知道"穿着抖抖布,一定是大干部"。70年代初,我们所在的县城商业门市部第一次有的确良女衬衣到货,一共有三款颜色:粉红、豆绿和浅灰。这种不要布票的新品种衣服色彩艳丽、挺括平整,据说又薄又耐穿,不用烫,不褪色,容易洗,干得快,不走样。因为价格比普通的平纹布高两倍,大家是看的多买的少。

妈妈仍然决定"不惜血本"给我买一件,最后我选中了豆绿色,也算开一时"洋气"之先。在物资匮乏的年代,我比女伴们多一件的确良衬衫,虽然有"不艰苦朴素""资产阶级生活作风"之嫌,心里仍然美美的。

有时候在井边遇到挑水的小孩,他们会故意把水洒到我身上,然后大喊"的确凉",以讥讽我的穿着与大家不同。住在天津的姥姥有时也会寄一两件式样别致的成衣来,穿出来在小县城里显得既另类又新颖,很是扎眼。

吵架风波

1972年我参加工作,被分配到离县城四十里的基层供销社工作。供销社原本是20世纪50年代初农村推行三大合作运动——生产合作、供销合作、信用合作的产物,在计划经济统购统销年代,为了卡死流通环节,便把原来民间自发的结社购销变成了官方商业系统的衍生品。我们所在的供销社是该县西南唯一的商业网点,负责农副产品的统购和农资产品及日常生活用品的统销,等于是县商业局的分支,早已没有了任何"合作"的成分,完全处于垄断地位,相当于"盐铁官营"。任何个人不得经商,百姓之间任何的物资交流都属于违法。

我先是被分到鞋帽组,后来被委以重任,"荣升"到了布匹组。布匹组是整个综合门市部的划分里面最重要的组,其余四个组是食品、百货、鞋帽、针织。最重要是因为棉布的核价单位都是计算到"厘",比如白棉布0.285元（1949年以来，所谓"两白一黑"价格一直保持稳定。"两白"即白布，单价0.285元；白面，单价0.19元）、斜纹布0.425元、卡其布0.465元，不像其他物品都是取整到"分"，所以不上算盘心算容易出错，业务要求要高一点。二来布匹组多一道收取布票的手续，零售也就罢了，盘点起来格外麻烦。三是到货的布匹伸缩性差距很大，有的布匹包含了"整匹零卖"的损耗在里面，有的则卡得很死，整匹丈量刚好，零卖起来就会有"短缺"。

刚刚经历过"一打三反"运动，商业局是众矢之的，因贪污罪自杀的人有很多，所以布匹组对人员要求比其他组要高些：要体力好，搬运成捆的布匹是个力气活；

要脑子好，算账正确；还要嘴巴快，布匹组是个经常吵架的地方，没有点据理力争的能力还真不行。

我在供销社的那两年，是十天一大集、五天一小集。人们手中的货币和物资交流只集中于这一处地点，所以逢集的拥挤就可想而知了。早上九点钟开门，七点钟就有人等在门口，柜台都要挤垮了，不要说喝口水，中午饭都要等到下午三点钟以后才能胡乱扒拉几口。有一次我的小辫散了都没工夫绑，就一直散着到下班，头发上还沾了很多棉絮，大家都说像鬼一样。我们用的一米的长尺子前面安了一个小刀片，丈量完以后在布上划一个小口，两手食指和中指卡住布，双手用力展开双臂就可以撕开。但有时候速度快，卡在手指缝当中的布丝会把手掌划一道很深的口子。我一个逢集日里要做成百上千个扯布动作，到了晚上胳膊酸得连碗都端不住。

体力活都是小事，算账绝对不能忙中出错。我们那时候兴"唱账"，就是每一笔交易都要大声说出来。比如"0.465 的卡其 6 尺，2.79 元。当面点清，出门概不负责！"一般来讲我算账出错的概率不高，来找后账的大都是尺寸问题。如前所述，一尺布票都能使我母亲夜不能寐，可见由于短缺严重，尺寸问题有多么重要。

有一年到了一批类似军用的卡其布，颜色质地与军装相仿。军装当时是最时髦的服装，能有一件仿军装是很多人梦寐以求的事，所以那批布卖得别提多火爆了。但这批到货可能因为是"战备库存布"，没有零售消耗余头，因此整批布正常零售下来会有大约2—3米的缺口。"一打三反"的余波使我们每个人都心有余悸，害怕落个"账目不清"的罪名，我只能紧紧卡住尺子卖。棉布有伸缩性，一米布拉直和平铺之间大约会有1—1.5寸的差距，而恰好这批布的"缩水率"又比较高，结果十人当中差不多有六七人来找后账，说我没有给够尺寸。

我向每一个人反复陈述其中的缘由。由于我说话语速快、分贝高，又占一点理，说白了还是"独此一家别无分店"的"垄断"带来的"底气"，没有一个人能"吵"过我，于是便赢得了一张利嘴如同"麻链子"（搓麻线用具，意为"转得快"）的称号。

有的人甚至找到领导面前，社领导特意到门市部过问此事。我把所剩布匹摊在柜台上，全部丈量一遍让领导看，不这么卖，损耗的短缺算谁的？领导和业务员商量了一下，特批给我一些"损耗量"，同时批评我态度不好，应该事先向人们说明"缩水率"，建议预留出一点"放量"。好在这批布很快就售罄了。有一日我碰到镇上的裁缝，他对我说：你卖的这批布，最后高兴了学生娃。一问才知，原来大人购来想给自己做衣服，结果由于寸头紧和缩水的原因,都改给孩子们做了。

只此一家的买卖散了

为了腾出棉花用地,增加种粮的土地面积,20世纪70年代开始,中国大量进口化纤生产设备。很快,不要布票的"的卡""涤纶"之类的化纤纺织品种类多了起来,引发了人们在"穿衣"上的革命。1974年我作为"工

农兵学员"去兰州大学学习俄语之后，还回过一趟原来的供销社，棉布的紧俏状态已有所缓解，成衣制品也开始多起来了。1978年以后农村市场开放，1985年继之取消统购统销，票证的作用也就寿终正寝了。

商业局和供销社的垄断局面一去不复返了。供销社成为鸡肋，面临着三个不承认：农民不承认它是"合伙人"组织，说"合作社不合作，联合社不联合"；政府不承认它是国有企业，命其自负盈亏；供销社职工也不承认自己是群众性经济组织，觉得国家任其自生自灭。用我们那里职工的话说，就是"用着了搂到怀里，用不着了推到崖里"。脑子活泛点的，赶紧自谋出路。供销社原来的同事有的自己出来"单干"了，上广州下江南到处批发组织货源回来销售，我笑称她是"一个人的供销社"。她对我说，供销社虽然还存在，但是已经被彻底边缘化了，"吃皇粮、只此一家"的买卖再也没有了。

现在人们的穿着已经在向个性化、多样化发展，网购更是不受地域和付款方式的限制。对那些买衣服买到要"剁手"的年轻人来说，这些"陈芝麻烂谷子"听着就像天方夜谭一般了。

供销春秋

尴尬的定位

1972年我参加工作的供销社,上面的"主管"是商业局,下面的"脚"是"代销点"。陇西县大一点的公社都有一个配套的供销社,除城关镇外,当属陇西三大镇——文峰、首阳、菜子的供销社最大。供销社从最初的新民主主义阶段的产物快速演变成为计划经济服务,其职能定位是农副产品的统购和农资产品及日用品的统销,试图通过该机构垄断农村商业领域,领导人员都是党的组织部门任命的。

说白了,我所在的供销社就是一个镇上的商业局,所有与商业有关的事务都归它管。供销社下辖一个饭店、一个书店、一个生产资料门市部、一个百货综合店，以及一个农副产品收购站。该供销社是个老社、大社，在方圆几十里内都有分社，本社职工最多时有六十余人。

建国后供销社初成立时还真有些"抱团取暖"自发结社的合作社的味道。1954年国家搞统购统销，就把人事、经营权上收，集体所有制转为全民所有制，性质上变成了归国营商业管的下属单位。名曰"合作社"，实际上"合作者"完全处在被动地位。1961年国家经济困难，供销社权限再次下放，"文化大革命"时期又第二次被收上来；1975年又与国营商业分离，变成集体

所有制，自负盈亏。

不过，两次"下放"都不是真正恢复供销社的民营"合作"性质。供销社并没有还给农民，农民的股份并没有恢复，供销社的经营更与他们无关，而且对屡次的"折腾"也没有"说法"。与西方的"罗奇戴尔"（世界上被公认的第一个合作社，诞生于英国）、"蒙特拉贡"（西班牙合作社）和路易·艾黎当年在中国搞的"工合"不是一回事。所谓"下放"，其实主要是卸责而不限权：原来管你也养你，现在仍然管束你，却不养你了。供销社仍是国企，但"下放"意味着"待遇"明显降低。

由于国家政策的不断调整，供销社的所有制形式多次变更，与原来的自治、互助、降低成本、共担风险的初衷越来越远，命运多舛几起几落。与国营商业两分两合，但它从来都是承担代价的一方，让两万多基层社、上百万供销人寒了心。所以改革开放以后，只要政策允许，脑子活泛点的都出去单干了。

供销社定位随着政治风雨飘摇，1978年改革以后农村市场开放，供销社成为鸡肋，自然也就衰落下去了。

"一打三反"在基层

1972年我到供销社时，正处在第二阶段经营权限上移期间。"文化大革命"进行到"九大"召开之后，当人们都认为革命已抓得差不多了、坏人已经从中央清除、该促生产的时候，不料"林彪事件"突发，"文化大革命"又杀了一个回马枪。在"批林整风"声势下，"林彪事件"前已经开始的"一打"（打击反革命活动）"三反"（反贪污盗窃、反投机倒把、反铺张浪费）再次掀起新高潮。

今天研究"一打三反"的文章已经有一些了，但侧重点都在"一打"，对"三反"则研究不多。甚至有人说当时就只有"一打"而已，"三反"并未形成运动。而我的感觉相反：其实对基层而言，"三反"的影响远大于"一打"。无论北京等大城市是如何搞"一打三反"运动的，在我当时所在的边远乡镇，因为"文化大革命"前期斗"走资派"已斗得毫无新意了，所以这次折腾的新花样虽然也矛头向下，但重点不在"一打"而在"三反"。

有人说当时的"三反"类似于"反腐"，但它整的并非官员（相反，那时受过"造反"冲击的官员开始大量复出），而是群众。如果说反腐是要收拾贪官污吏，那时的运动却是要收拾"贪群污众"——当时传达的提法是"织一张密网，打尽小鱼小虾"。而官方的说法则是要狠整基层的经济犯罪与"资本主义自发势力"，后者主要针对农村，前者主要针对工商业。一时间到处风声鹤唳，气氛极为紧张，自杀者迭出。我到供销社时运动高潮已过，听老职工说，仅我们一个小小的供销社竟然就有五人（有说是六人）在运动中自杀。

还记得初来乍到时，我住的宿舍里没有电灯，小煤油灯下黑灯瞎火的，我啥也没看清楚倒头就睡。第二天早上起来，就有老职工问我："昨晚上睡觉床下有啥动静不？"我一脸懵懂地说："没有啊！"一群人诡异地挤挤眼，也不告诉我原委。最后一位比我早到一年的大姐告诉我："你床下的那个磨盘是'镇鬼'用的。磨盘

下面本来是一口井,一个会计跳井自杀了,就把井填起来了。井废后在上面盖房,但没人敢住。你初来乍到,就安排你住了。"好在我不信鬼神,就一直与"磨盘"和"水井里的死鬼"为伍,相安无事地住着。

我们到单位前在商业局集训的时候,省工作队和县革委分管商业的常委都告诫我们:"时刻紧绷阶级斗争一根弦",要和"坏人坏事做斗争",尤其要破除地方上"乡亲熟人社会里磨不开情面的包庇作风"。之所以有这样的说法是有原委的。西北这些省份当年基本上是由"一野"解放的,除部队留下一些人员管理地方外,又派来一批"西进"干部,所以地委、县委的领导很多都是陕西籍的。20世纪五六十年代又分来一些湖北、四川籍的转业军人充实中层领导,所以县局一级领导多是外地人。而办事人员则基本上是本地人,如此一来,社会分层与地域的关系就显得很微妙。

当地人把这些外籍干部统称为"一面人",意即和他们不一样的"外面人"。"文化大革命"前以及"文化大革命"当中,上面派下来的干部都认为"地方主义"是中央指示贯彻不力的一大原因,本地干部一般都异地升迁,且在历次运动中都要强调这一点。因此这里的群众运动和群众组织也隐约体现了些地域因素,当地人对外地官员的"治理劣迹"格外痛恨。

盘点的奥秘

我初到时被分配在综合门市部的鞋帽组。综合门市部是社里营业额最高的部门，共有布匹、百货、鞋帽、食品和针织五个组，每组两人，多是一师一徒。我在鞋帽组的师傅从20世纪50年代末就在这里供职，见证了供销社的起起落落。他为人极为谨慎，谦恭木讷，是公认的老实人，号称"闷葫芦"，一天到晚驼着背，除了在柜台上报价钱不多说一句，也不吩咐我该干什么。只是在逢集的时候看见我杯子里的水干了，就会把他热水瓶里的热茶续给我。

我们是方圆几十里唯一种类齐全的商业网点。那时候统购统销发展到登峰造极。过去有所谓国家干预的"三类物资"之说，即统购物资、派购物资和议购物资，但到"文化大革命"期间后两类也控制得越来越紧，实际上也"统购"化了。国家管控的物资多达二百多种，仅农副产品就涵盖"粮棉油麻丝茶糖菜烟果药杂"十二大类，老百姓私人之间看似没有完全禁止物品流通和交易，其实交易范围已经很小。就连"自然经济"时代一脉相承的农村传统集市贸易也已经奄奄一息，我们那里以前是逢三六九开集（近于三天一集），已经变成十天一集。

而且农民赶集不像过去多是为了自由交易，而更多像是生产队允许他们有点休息日，顺带交易也多是与"公家"打交道。当时农副业和工商业产品的交换及满足日常所需基本都在我们"公家"进行。尤其在"一打三反"期间，私下里交换或出售物品都属于"投机倒把"，叫"纠察队"看到不但没收全部货物，还要抓去办"学习班"或者"劳改"。农民除了生产队的"分红"以外，货币收入主要靠活猪、鸡蛋、药材、亚麻等，但是这些产品只能卖给我们一家，拿到货币现金再到我们的门市部消费。

至于出售农副产品和购买日用品的定价，不是由市场供求关系决定的，而是由公家说了算，也就是由商业局核定的"铁板钉钉"一口价。我知道这就叫"社会主义原始积累"的"剪刀差"，用今天的话讲叫"垄断"。反正其他渠道都堵死了，就是明知道贱卖贵买也没办法。

由于刚刚经历过"一打三反"，大家对收款和付货格外小心，但是忙中难免出错。比如叫顾客多拿走一双袜子、几个铁钉，顺走几块水果糖，找钱时把重叠的两张纸币当一张，等等，都属于"营业事故"，在政治学习时要做检讨的。我们最怕的是盘点，以前每半年盘点一次，"一打三反"后改为每个季度都要进行一次账、货、钱"三清点的三讫"。社里规定这三项之间的误差率不能超过"个位数",也就是在十元以内。

我刚到两个月就赶上第一次盘点。由于商品繁多,我们摸黑起来把货品码齐,按照账本逐个清点,一直搞到下午五六点钟。结果我们鞋帽组差了五十多元的货物,急得我只好返工重来。一直弄到晚上十点钟,晚饭也没吃,算来算去还是短缺一大块。后来我师傅不知从哪里翻出来十双解放鞋递给我说:"你一定是忙糊涂咧,这里漏盘了十双鞋。"我把这十双鞋加进去,刚好账面上持平还多出四五块钱。"好啊,符合规定!"我一颗

定心丸放在肚子里，美美地倒头睡了一觉。

第二天早上醒来感觉哪里不对劲，因为我从几天前就开始给货物做编号，来来回回清点三四遍了，不可能有遗漏。师傅是从哪里找到解放鞋的呢？师傅不爱言语，我也不敢多问，这件事就一直成为我心里的一块疙瘩。后来有一次天气好，师傅让我把他的被子晒到院子里，我晒完被子整理床铺时，在床下发现两个大大的纸箱子。拉出来一看，是一箱解放鞋、一箱帽子，而且货品编号全是我不熟悉的，也就是说师傅可能在账本之外私藏了两箱物品。我快速估算了一下价值，大约在两百元左右，师傅随时有可能把这些货物私自拿回家。

我心想："妈呀，百元以上就是经济犯罪，这不就是'三反'中的'贪污盗窃'吗？"我感到脊梁骨一阵阵发凉。我们每十天休息一天，放假时我看着师傅手里拿着一件换洗衣服，也不像里面藏着什么东西的样子。回家后本来想跟父亲谈谈此事，但是父亲因故没有回来，母亲在单位里协助工作组查账，也没有看出来我心事重重。

我拿不定主意，这件事是否该说出来、对谁说，在心里翻了好多滚。后来我请教布匹组的"小老职工"——之所以说"又小又老"，是因为年龄小，但参加工作比我还早两年——"你们布匹组的盘点要比我们复杂，为什么总能做到规定之内略有盈余呢？"她告诉我一个她师傅传授的"秘密"。

一般来讲账面和货物都会有误差，也许这次长一点，下次短一点，但是规定严格到个位数是不近情理的，定这样规矩的人肯定没在门市部干过。社里自杀的人除了出纳以外，基本上都是因为货物短缺一时说不清楚，而在"运动"的压力下走上了绝路。于是老营业员在平时售货的过程中，都要让货物长出一点来——当然长多了也不行——这样就会积攒下来一些货品，在每次盘点出现误差时再一点点添进去。我问，如何才能长出来呢？她白了我一眼："你连这都不知道，手紧点呗。"我明白了，就是从顾客那里克扣出来。她说，各个组都这样，这已经成为不公开的惯例，政策是死的人是活的。我说，长多了不就可能出现"经济犯罪"吗？她说，大家心里有数，差不多能持平了就手松一点。

我这才恍然大悟，师傅床底下的鞋和帽子敢情是用来一点点贴补盘点差额的，我差点冤枉了他。可是我仍然不能理解，为什么不向上反映，把误差损耗比率调大一些呢？这样大家的心理压力小，行为也可以更正大光明。她说："你想可能吗？你们这些外地人胳膊肘是向外的，眼睛是向上的，随时可以一拍屁股走人。我们还要在这里活人呢！"我想想自己刚来时遇到本地孩子的排外欺负,想想"地方主义"的说法,似乎明白了点什么。我第一次感觉到了规则在运用过程中的"无效性",这就叫"上有政策下有对策"。

我没想明白师傅是如何解决账面问题,只是觉得规章设置不合理,不近情理的苛刻盘点要用这类办法应付,不成了越反越腐了吗?但是也无处诉说自己的感受。以后盘点时师傅往里添几顶帽子两双鞋之类的事情,我也就跟着装糊涂,对盘点的过程也没有刚来时那么较真了。

"回力鞋"与"男女通信"

我刚分配工作的时候,父母就再三嘱咐:不贪不占小便宜,不拿公家一针一线。各个门市部总能碰到些紧俏商品,像手表、自行车、减免票证的食品与布匹,或者以收购价格买些农副产品,这时内部人员"开后门"私下出售很普遍。我知道这类行为不好,但架不住短缺经济下需求旺盛,也往家里买过鸡蛋。好在我们鞋帽组都是大路货,我自信自己能够"身正影不斜"地保持不开后门。

不久师傅休病假,我手里到了一箱上海产的"回力"球鞋。"回力鞋"可是好东西,是那个年代既正确又时髦的男青年的标配,因为当时尚存的一些体育赛事的运动员都穿回力鞋。离我们镇上三十多里路的东边有一家国防"三线企业",代号"113厂",也就是后来的西北铝加工厂,这里的青年工人也穿回力鞋,是县里时髦的象征。

"113厂"是1964年由沈阳设计院设计、四冶四公司基建起来的,并从沈阳、上海、北京等大城市抽调人员组建而成,在"我们要准备打仗"的思维下,基本不在本地招工。该厂是国家级保密企业,由于他们自成系统,几乎复制了原建制单位的小社会,因此自视甚高,是与本地人格格不入的另一种社会人群。工人工资水平比当地人高两个层次,又都是见多识广讲普通话的"外地人",经常有人会把北京上海的时尚风潮带到这闭塞

的西北县城。

他们的着装要领先于县里两三年。街上的孩子们有时会起哄喊"大白鞋流氓的",但他们其实是县里年轻人追慕的对象。"113厂"青年工人最时髦的装束便是军帽、工装衣裤、回力鞋。军帽显示着政治正确和权威色彩;工装代表工人阶级,尤其是左胸前的"113"标记显示了与县办企业不同的特殊身份;回力鞋的时髦和运动元素一下子就把解放鞋甩了十八条街。三者中,工装衣裤是厂里配发的,不算稀罕,军帽也可以搞到,唯独最后一项是顶顶稀缺货。

我这一箱回力鞋因为是大号男式的,本社职工大爷大叔不稀罕,所以我原打算除了给哥哥留一双外全部摆在柜台上出售。当时哥哥在145地质队工作,恰逢探亲回家,我跟哥哥提及此事,他大呼"全部给我留着!"并说他们队上一位同事有一双天津产的旧回力鞋,宝贝得跟什么似的,想借穿参加乒乓球比赛都不行。哥哥晚饭也不吃就要去通知他那些"狐朋狗友",我还是觉得不妥,跟他说:"就算给你们留着,有十双也够了,犯不着全部'开后门'出售。"哥哥跟我分析说:"你们那个农村镇子,离城有四十多里,有多少人认得回力鞋?何况它是白色的,又不禁脏,价格又贵,不信你摆出去,十天都未必卖掉一双。卖给谁不是卖呀?"

听他这么分析，似乎也有些道理，于是我一双也没有拿出来。那几天我的柜台前尽是骑车几十里路赶来的穿着扎眼的小伙子。我不知道哥哥到底有多少"同学"，反正我见过没见过的，只要顶着哥哥名号的来者都如获至宝、满意而归。就这样，一箱四十双回力鞋全部被我"开后门"卖掉了。看来我所谓的自信只是建立在"无条件"的基础上，一旦条件具备，哥哥的三言两语就把我瓦解了。虽然这是当时的"潜规则"，算不得太违规，但我心里面得意之余还是有点小疙瘩。这事要是就此打住也就罢了，却节外生枝又有了后续的事情。

不知道是哥哥的哪位同学或者同学的同学，是"113"子弟或者青工，不但嘚瑟穿上了回力鞋，而且对我这个售鞋之人也有过什么描述。听门市部的其他姑娘们说，后来隔三岔五就有些"113厂"的人来打探我的情况。我那年十八岁，插队以前没少受当地男孩子的欺负，压根就没想过要交什么男朋友，把这里当作永远的归宿。父亲是"黑帮"，他的问题还没有结论，弟弟在插队，我想着手的自学读书计划还没来得及展开。总之，我潜意识里还没有异性之间的情愫萌动，看着那些自视甚高的外地小子有些好笑，所以在柜台前直接与我搭讪的，我都像对待别的顾客一样以礼相待，没有多余的废话。

几天后收到几封隐晦的要求交往的信件，基本格式都套用当时流行的话语，什么"希望建立革命的友谊""能够互相帮助共同进步""共同把无产阶级文化大革命进行到底"，更多是引用毛主席语录："我们都是来自五湖四海，为了一个共同的革命目标，走到一起来了。"我心想，我能够"自我进步"，不稀罕与你们搅和着共同帮助；你怎么知道我和你有共同的目标呢？那时候我们门市部的姑娘虽然年龄比我有大有小，也都尚未婚嫁，都有些自己的私房小秘密，只有我告诉大家以后凡是落款"113厂"的信件，大家可以拆了阅读。以后每逢这种来信就有人在门市部里拆了朗读，惹得满屋子的人哈哈大笑。后来姑娘们之间敢于在情感问题上敞开心扉了，彼此的关系融洽了很多。

起初我们没把这些来信当一回事，后来收到一封可能是老初中生的信，从字迹和文笔看都要老道一些，而且还附了一首模仿毛体的七律。我那时候有些"文学青年范儿"，时不时给社里的黑板报写些小稿件或诗歌什么的，被抄写黑板报的业务员戏称为社里的"第一诗人"。我知道实际上这是开玩笑的，社里有好几位老高中生，不论是知识面还是中文水平都远远在我之上，只是他们不屑于掺和这种"小孩子的游戏"。但是在同龄人里面我还算读书较多的。

于是一帮女孩子撺掇我，写信怼回去盖过他，灭灭他们的威风。我也是有些逞能，就翻了翻字典和"文化大革命"前老高中的语文课本，下功夫写了封回信。先给对方挑了一些文法、合辙押韵、平仄之类的毛病，又假模假式告诉他"律诗"应该怎样写，其中不乏挖苦奚落之语，大有在气势上压倒对方之意，然后也写了一首七律，言下之意"让你看看我的气魄"。我很得意，经过门市部女孩子们的集体阅读后投递出去，想着这一巴掌准能够镇住对方。

说实话，当时我的语文水平只比小学毕业略高一点点，对律诗更是一知半解。除了听父亲讲过一些工整对仗、平仄韵律的常识以外，给黑板报写的"诗"充其量是顺口溜的程度，没有资格嘲笑别人。这里面除了有头脑发热的成分之外，也有"文化大革命"灰暗压抑的政治氛围的影响。我们这些"黑五类子女"一直处在社会底层，卑微如草芥，现在凭自己的能力不但得到一些同事的刮目相看，更有些异性爱慕的成分在里面，就有些飘飘然，不懂该如何处理这种搭讪。其实对付这类信件最好的办法就是置之不理。

我的信寄出一个星期后，又收到厚厚的一封回信。女孩子们在一个不逢集日围成一圈，人人传阅了一遍。回信者是另一人，像是一个老高中生（大学生？）或者语文老师。估计我的回信也在一个宿舍或者群体中被集体阅读了。对方先是称赞我作为一个69届初中生的水平和家学渊源（看来对我有一定的调查），然后对我写的诗和态度进行了一番居高临下的分析点评，又附上好几首律诗，最后话锋一转，难得免俗地表示愿意和我结交为"文字知己"。看得出来，此信做了些案头工作，他的点评也有一定可取之处，但是律诗做得略显俗气，有些旧文人的酸腐味道。

这封回信的最大益处是使我冷静下来，猛然醒悟在自己的人生规划方向中，不应该把时间花费在玩这种小把戏上，就再也没有回过此类信件。

一直到我1974年当工农兵学员去兰州大学学习俄语，前后大约收过十几封这样的信件。后来在搬家的时候与其他信件一起搁在帆布箱子里，被雨水淋湿后便丢弃了。现在想来，那也是一段时代背景下的"青春写照"。估计现在的年轻人不会明白，在扭曲的政治背景下，男女通信用语以"毛主席语录"和"革命口号"打掩护是一番怎样滑稽的景象？

大师傅的遭遇

参加工作后我的月收入是三十六元，相当于农村年分红的三倍还要多。我为自己做的用钱规划是：在食堂吃饭十元，交给家里十元（虽然父母一再说不需要我的钱，我说那你们就存着做机动用款吧），十元用来给家里买东西，剩下六元用于购买洗漱用品和回家的车费。有时实在不够用了还会从上交的机动款项里挪用一点。但是我原则上一直按照这个尺度花钱，比起插队的时候已经很知足了。

我们供销社有自己的食堂。因为有收购点"近水楼台"的关系，肉蛋之类的食品都可以用收购价享用，伙食应该说相当不错。实际上这等于截留了农民上交给国家的物品多吃多占了。食堂的大师傅是个三十多岁的女性。那时我们对老同志统称"师傅"，"大师傅"则是专称炊事员的。而按照陕甘关陇的一些方言，"师傅"的"傅"是不读出来的，大家都叫她"大师"。她姓甚名谁我现在已经忘了，只记得街上的孩子们称她"杨婶"，想来她夫家姓杨。

大师长得高高大大，大眼睛厚嘴唇，干净利索，搁到现在也是一美人，但是不符合当时农村对女人的审美标准。大师性格开朗，笑起来很有感染力。她为人公正爽快、古道热肠，从来不会给领导多盛菜，倒是下面分销店的人来了，甭管到不到饭点她都会捅开炉子递上热乎的饭菜。平时大家在门市部各忙各的，只有吃饭的时候喜欢聚在她那里谝闲传，大家与她的关系都不错。

我刚来时，大师好像对我有些成见。起因是我曾提出能不能给我半份菜。一来我的确吃不了一份菜，二来也想着能节约就节约点。可能大师从哪里听说过我父母的"高"收入，认为我故意矫情，说"不能！"但你不是胃口小吃不了吗？所以一份菜给我的总比别人的少些。我虽然不至于贫困到连一份菜都吃不起，但是我给自己定的花钱标准里没有计入意外情况，比如插队的村里的女孩子来我这里住几天，或者添置一些额外用品，花超了就只能从菜金里面节省。我会把中午吃不完的半份菜扣在盘子里，晚上不打菜，倒点热水冲冲就可以凑合一顿。

早餐除了稀饭、馒头、胡辣汤、豆腐脑，个别时候还能吃到荷包鸡蛋。大师在每个碗里放上盐、香菜、调料和一点猪油，根据来人所要的荷包蛋数量，七分钱一个挨一个打下锅去，连汤带水地盛出来，一碗热腾腾的荷包蛋就算做成了，早上吃了又顶饿又暖和。有时候遇到收购站有大量破损的鸡蛋，是五分钱一个。我一般只吃破损的五分钱荷包蛋，七分钱的就免了。其实我知道也省不下几个钱，但是总感觉比插队的伙食好多了，不能太放纵自己。

时间长了，大概大师看我干活不惜力气，人也不娇气，给我的菜渐渐和别人一样多了，在我吃剩菜的时候，会给我盛一碗热汤。有时候还特别照顾我一下，明明是只有一点点破皮的鸡蛋，也按照五分钱收我的饭票。

我们食堂也自己养猪，但是杀一次猪只能吃一两顿，平时吃肉由屠宰组给食堂一些带肉的骨头。吃这种连骨肉的时候非常豪放和有气势，大师会给每个人的碗里称好几块，吃完再送碗回来称骨头，扣除骨头重量按"净重"算钱。有些调皮捣蛋的男孩子不知道从哪里找些别的骨头混进来，以便多扣重量少算钱，有时甚至"吃剩的骨头"比原来带肉的还重。但大师不吃这一套，她眼尖到是不是她这一锅煮出来的骨头都能分辨，被她识破的坏小子以后就别想分到好肉了。大师通常会挑两块"顺溜"的（肉多些的）排骨留给我。

有时赶上我们送货下乡，回来食堂里没什么东西吃，大师会让我们去她家里吃饭。大师的家很干净，不论是炕上还是灶上都一尘不染，不过有一股淡淡的中药味。听说她不会生养，尽管里里外外活全包了，把男人伺候得像大爷一样，时不时还会挨打。但是好强要面子的大师在我们面前从不显露出来。

1974年我去兰州大学读书后，就与供销社的人联系少了，直到有一天碰到一位同事，叙了叙旧之后，她告诉我大师患脑中风偏瘫，现在就住在离兰大不远的战斗饭店里治病，可可怜了，让我有时间去看看她。

我赶到战斗饭店找到大师，见她蜷缩在一个背阴面的六人间的角落里。别的床上都有被褥，只有她的床上光秃秃地铺着一床露着稻草的垫子和一堆破棉絮，她正哆哆嗦嗦用一只手泡着干馍馍吃饭。看见我，她的眼泪一下就出来了。叫我大为吃惊的是，一两年不见，高大利索的人变得几乎认不出来了——蓬乱着满头灰白的头发，衣服上圈圈点点的饭垢污垢，一只手像鸡爪子一样荡在胸前。裤子上、草垫子上都是血污，整个人萎缩了一圈。

大师告诉我，刚犯病的时候，供销社还属于国营单位，社里还能出得起医药费，也派了一个人陪了她几天。后来供销社下放成集体企业,就把她扔在这里不管了。因为欠了旅店的房钱,所以被褥也不给了,就这样还一个劲地撵她走。她现在只能用自己仅剩的一点积蓄在一家中医院里扎针,如果实在不好只能回家等死了。可是我从她眼睛里看到对生命的渴望。我算了算自己的钱,实在不够给她交房钱的,只好跑出去买了一堆吃的。又打来热水帮她擦擦身上,洗洗衣裤。大师一只手使劲攥着来例假的裤衩不让我洗,说怕弄污了我的手。我还是夺过来洗了。

后来只要可能我都会买点吃的去看她,帮她洗洗涮涮,也找些我的衣服帮她换上。我每次要走的时候,她都会死死地攥着我的手,生怕再也见不到了。等到有一次我随校外出"开门办学"回来,再去战斗饭店看她时,

供销春秋

她的床上已经换成了他人。宾馆的人告诉我,早就叫人接走了。听到这个消息我稍感宽慰,毕竟中风后遗症是需要长期休养的,在家里再不济也有个人手帮助,还能吃上热汤热水。

过年回家,我特意跑了一趟供销社,问起大师的情况。大家告诉我,接回来不久就死了,是活活气死的。从她得病以后,她丈夫就与别人好上了,以至于她在兰州看病那么艰难,一次也没有去看过。接回来后不但恶语相加,还当着她的面与别的女人胡来,让大师眼睁睁地看着,没几天大师就走了,走的时候连眼睛都闭不上。我来到食堂面对着空荡荡的大锅抹了一把眼泪,心想她在生命的最后几天里,一定是绝望的。这么要强能干一个活生生的人就这么没了,怨谁呢?

表面上看大师的悲剧完全是家事,追根溯源讲,她因不育而不幸,与农村传宗接代的传统有关。可是我在社里那会儿,她虽然在家里受点气,在社会上还算过得不错。那时在农村,供销社因能搞到短缺商品和分享低价统购物而成为"肥差",供销人受人艳羡,社会地位不低。大师的丈夫对她虽有抱怨,还不至于过分虐待,她有病也能得到职工医疗照料。供销社"改制"后地位没了,欠农民的股份并不归还,大师的末日就到了。

"五朵金花"的命运

"同志仍须努力"

马建设原来叫"马金花",来自临夏大夏河边上的马家,说来与马步芳还曲里拐弯沾点亲。但架不住金花家里成分低,她本人聪慧无比,学习好又十分争气,1965年以临夏地区第二名的成绩考上西北工业大学应用化学系。到大学报到前,金花嫌自己的名字俗气,自作主张改名"马建设"。学校管后勤的老师看了她档案上的"曾用名"一栏对她说:"你还不如叫'马金花'呢,起码我知道你是女的,差点就把你分到男生宿舍里了。"

她在学校里没正经上几天课,就开始了"文化大革命"。在学校里打了几年派仗,1969年几级赶一块儿"大拨轰"就算毕业了,全系同学都到农场劳动锻炼。1971年马建设刚刚分配到"兰化",欢喜劲儿还没过,又接一通知,到省上统一集中后,组成以"批陈整风"(1972年又改为"批林整风")带动下的"一打三反"工作队,分赴甘肃省各县协助地方展开工作。

不料临行前马建设接到家里电报——"父亲病危"。等前前后后料理完后事,耽误了将近十天,大队人马早就奔赴各县展开工作了。马建设自己打单蹦前往Z县报到,到了县上,知道自己被分配在商业局工作。商业局在那个普遍贫穷物资匮乏的年代可是个"肥差",但也是"一打三反"的重灾区。工作队长向她介绍完工作情况,还没头没尾地补了一句说:"商业局是个好地方,是多少男同志向往的去处。"

听得马建设丈二和尚摸不着头脑,私下里一打听才知道,Z县商业局里有身怀绝技、漂亮能干的"五朵金花"。她们不仅是商业局的标杆人物,也是全县的骄傲。因为自己也曾叫"金花",所以马建设对这五个人格外关注一些。很快马建设就知道,她们分别是商业局的出纳王月敏、药材公司的检验员林淑婉、商业局的团委书记姜淑华、宣传干事哈继红和从蔬菜店借调来的朱弦。据说这五个人的共同点是身材好、学历高、模样好、技术好,用今天的话说就是"颜值+技能",当时叫"美女+才女"。

据说"五朵金花"是商业局蔺局长想尽一切办法从各处"挖"来的。有一年在欢呼毛主席最新指示发表的游行队伍中,她们五人正好站成一行,商业局的老业务杨师从背后指着说:"谁家有这么五个女子,齐密密地往那里一站,还不把门面给撑爆了?'五朵金花'也不过如此。"从此"五朵金花"名声就传播开来。Z县有一句改编自孙中山的话:"金花尚未出嫁,同志仍须努力。"

冷面金花——王月敏

很快马建设就见到了"头牌花旦"——"冷面金花"王月敏,因为是她到县革委来接马建设的。果真名不虚传,高挑的个子比1.65米的马建设还要猛一些,穿着打扮就是放在兰州市里也算顶顶"正点"。白皙的脸上一点也没有甘肃女人叫太阳辐射晒出的"红二团",尤其两条齐腰匀称的辫子,随着腰肢摆动真是羡煞人也。等稍微熟络一点,马建设不由自主地赞叹道:"头发真好!"王月敏可能早就习惯了这样的夸奖,知道自己的"回头率",一点也没有不好意思,说这还是"破四旧"剪了以后再留起来的,原来的头发更亮更长更顺。

马建设发现了王月敏的特点,她心思缜密、面冷心热。中午吃饭的时候，王月敏提前跟炊事员打招呼说，"马组长（所有工作队的人在县里都被称作'组长'）是回民，给她另拿一套碗筷专人专用"，并告诉马建设县一中有清真食堂，商业局食堂虽然也炒素菜，但毕竟荤素是用一个锅炒出来的。住下第二天，王月敏看见马建设从商业局西边的小平房出来，立刻就说，"怎么叫你

住这间屋",并问她昨夜心里犯嘀咕了没有?

马建设纳闷地问:"什么意思?"

王月敏指着床下的一个磨盘问:"你知道这是什么?"

"磨盘呀,你还真当我四体不勤五谷不分呢?"马建设答道。

王月敏解释说:"我问的是磨盘为什么要放在床下,磨盘下面是什么?"然后告诉她,磨盘下面是一个水井,去年下面供销社的一个会计来对账,有几百元的差额怎么也对不上,一时想不开就跳井了,直到晚上有人打水才发现,人已经泡得不像样子。后来单位就在上面盖了几间简易房,以供临时来人居住。王月敏还说,宿舍里有她的一张床位,但她并不住在单位,不行就搬到她那里住。

如果把王月敏看成是巴结工作队的势利眼就错了,她对工作队所有的人都一视同仁。比如对新来的提货员叮嘱说,看清货单上红字标注的数字,那表明此货物已经冲销掉了;对局领导的报销也一样严格把关,并非看人下菜碟。

马建设猜想,她之所以叫"冷面金花",一是因为个头高、腰板直,两眼平视总是从人们的头顶上方掠过去,使人容易产生距离感。大约那些抬头仰望的后生们嫌脖子累,知道这不是一条能在Z县小河沟里养的鱼。

二是因为她心气很高,显得有些不合群,从来不和人们"八卦闲谝"工作之外的事情。

王月敏是甘谷人,家里是"小业主"出身,本人是兰州财会学校毕业。在能人辈出的商业局当上出纳,并不是凭颜值,而是靠精湛的业务水平。王月敏的绝活是算盘打得噼里啪啦。也许有人说了,商业局里个个都能拨拉算盘珠子,这点本事算不得什么。可要是知道王月敏的算盘是超过老出纳严师的,就该没话说了。在"五朵金花"还没有叫响之前,王月敏的绰号是"算盘西施"。Z县人人都知道商业局有两把"算盘大仙"——业务杨师和出纳严师,这二人能把一副算盘玩出个蛟龙腾飞、高山流水、花团锦簇。总之,一切赞词叠加起来送给他们都不为过。更叫绝的是杨师还用双手打。

几年前商业局有过一次全局的算盘比赛,刚到局里的王月敏也加入其中。打算盘是个熟能生巧的实践过程,何况商业局的各种统计报表一般的人摸不清门道。起初大家对一个刚毕业学生娃没放在心上,不承想王月敏端端坐着似乎纹丝不动,只有两条长辫子微微摆动,可出手极快,心到手到,很快就把一干人等甩在后面,直逼杨严二师。最后杨师以三个珠子之差险胜,惊得老业务员一头汗水地大喘一口气。

严师和王月敏几乎同时完成。可能是怕输给小丫头脸上挂不住，严师戴的套袖不小心碰了一个珠子，只能屈居第三了。弄得打了一辈子算盘的老出纳很没面子，从此再也没敢小觑美女的本事。一年后严师以照顾家属为由，到下面供销社工作去了，"第一金花"顺理成章地接替了严师的出纳职务。

就在大家热议谁能"独占花魁"的时候，王月敏嫁给了夏官营空军基地的一个飞行中队长。自1969年10月中央军委"一号命令"以后，部队的地位大大提升。当时姑娘们的婚嫁观是以"绿、灰、蓝＋四个兜"为首选，即陆、海、空军的军官，空军军官是最上乘。

当"中队长"开着军用吉普、穿着飞行皮夹克来找王月敏的时候，县一中和护校的女生追着跟了好几条街。此后，"王月敏的选婿标准"便成为很多准丈母娘教导女儿的口头禅。也许是"头牌"把样样都占先了，她的出嫁对那些热血喷涌的年轻人是一瓢冷水，而女儿家家的本来就不喜欢这个老被男人和家长拿来比来比去的"冷面金花"。

也许是应了那句"物极必反"吧，没过多久马建设在基层供销社清账时听到一个惊人消息："王月敏栽了！"商业局审核小组在清理账目时发现有挪用的痕迹，于是调来老出纳严师一干人等连查了半个月，最后发现王月敏贪污公款1857元。在人均工资不足四十元的Z县，这可是惊天动地的大数目。因为这是该县"一打三反"

运动的第一大要案，连地区、省上都很重视，立即成立了专案组，对王月敏进行了游街示众，还举办了警示众人打击贪污腐化分子的"阶级教育展览"。

就在全县人津津乐道"Z县一枝花"有六条料子裤子、晚上穿绸子睡裙睡觉的时候，马建设虽然嘴上说真是"知人知面不知心"，但心底里仍有些戚戚然，怎么也想不通，细致周全的王月敏咋就成了贪污犯呢？并将心比心地想，不知道心高气傲的"第一金花"能不能扛过这一关，千万别走了"跳井会计"那条路。很快王月敏被拘捕判刑，刑期十年。此后县广播站震耳欲聋的《大刀进行曲》——"大刀，向鬼子们的头上砍去！"响彻整个县城，震慑力可想而知。随后接二连三地有"自绝于人民"的贪污犯自杀。

花旦金花——林淑婉

如果对毛头小伙子们来说，王月敏属于那种高高在上、可望而不可即的"梦中情人"的话，林淑婉则是很多男人眼里真真切切的"意中人"。林淑婉是本地老裁缝林师的女儿。林家好几代都是城区唯一的裁缝，在城关镇小小的熟人社会里人缘口碑都极好，跟街坊邻居从来没红过脸。谁家有红白喜事，古道热肠的林师都会去张罗帮忙。

林淑婉是林师的老来女,白白净净的脸,长睫毛下面一对弯弯的笑眼,一口整齐的糯米白牙。可惜的是,林淑婉小时候一不留心,头磕到锅沿上,后脑勺上留了一个疤,那里秃了一块,她便总是低低地梳着两根细细长长的辫子,以便遮住那块疤痕。这种发式不但没有影

"五朵金花"的命运

响她的美貌,还别有一番韵味,得到很多姑娘的效仿。在"文化大革命"中的"剪发"风潮中,林淑婉因老戴着一顶帽子躲过了"辫子劫难"。

淑婉在"文化大革命"前一直是少先队大队长、文艺委员、三好学生。学校里演节目的时候,她既担任报幕员,也表演女声独唱,招牌扮相是中式偏襟衣服,背顶草帽,脖子上搭条白毛巾,两手在腰间交叉。在每人每年只有一丈二布票的年月,林师也有办法把独生女儿打扮得漂漂亮亮,各种浅粉、雪青、月白、豆绿的中式小袄,把她衬得更加水灵灵的粉白娇艳,盈盈一握的小蛮腰真能迷死个人,很像老电影《林家铺子》里的林小姐。在夏日纳凉的晚上,林师拉着板胡,小淑婉唱起秦腔《火焰驹》《三滴血》,委婉动听的拖腔音真能酥到人的骨头里去,人称Z县"小花旦"。如果不是林师执意阻拦,淑婉早就叫地区秦腔团给招走了。不用说,提亲的人坐满了林师的裁缝铺子。

中学毕业后林淑婉在药材公司上班,Z县是甘肃省的药材大县,全省18%的党参都出自这里。药材公司是商业局下属最重要的单位,因为与商业局在一个大院里办公、一个食堂吃饭,和一个单位也没啥区别。工作安定了,林师就忙碌着为女儿张罗选婿,指望着能找一个与女儿般配、能为自己颐养天年养老送终的女婿。不

料此时县一中揭发出化学教师唐志军"猥亵案",唐志军交代共侮辱、猥亵女学生六人,林淑婉便是其中之一。这种消息传得比风还快,很快街头巷尾人们都在相互传播。

Z县人对于"猥亵"一词比较陌生,不知道具体是指什么。晚上在人们喝茶下象棋谝闲传的老地方,一二杆子后生直在问:"啥叫个'猥亵'?"自有好事的"知情人"绘声绘色地充当讲解,说唐老师如何去摸女学生的胸,又强迫女学生去摸他的下体,等等。那青皮听得兴致勃勃，流着哈喇子充满想象口无遮拦地说："啥述个'猥亵'，不就是干那事之前的'忙活'吗？接下来就好办事了。"他没看到身旁的听众递眼色暗示，还想说下去，突然发现身边的人四下散去，一回头看见老裁缝颤颤巍巍的背影。林师扶着墙角挪腾着步子，勉强进了房门，只说了一句"羞死个先人了"，就直挺挺地倒下了。

林师被送进医院，命保住了，但人废了，留下严重的脑中风后遗症，口歪眼斜，半边身子偏瘫。几个月后一个南方籍的、腰上受过伤的转业老干部提亲，老父亲已经无法做主，在继母的操持下，林淑婉立马就把自己"嫁"了。虽说对方比自己大二十岁，但声明不嫌弃她有"作风问题"。都到这份儿上了，已经没得选，要想"逃"出众人的唾沫星子，嫁人可能是唯一的选择了。

新婚后的林淑婉来上班，里面一件月白色的中式偏襟布衫，外面套一件深灰色的制服，色彩搭配倒也协调顺眼，但是没有半点新人的喜庆吉祥劲儿。唯一的变化是两条细辫子在脑后低低地挽了一个发髻，看着不像新婚，倒像小寡妇新丧，低眉顺眼的可怜样让熟悉的长辈们心疼不已。那个叫人心醉的花旦从此没了。

政工金花——姜淑华

姜淑华原籍河南，父母都是陇海铁路上的职工。她的特点是讲着一口流利悦耳的普通话，而且甭管多大的场合从不怯场，往往是场面越大她越气宇轩昂。她在学校里也担任过报幕员，但其风格与花旦淑婉迥然不同。用当时人们的话说，姜属于徐玉兰（电影《红楼梦》贾宝玉的扮演者）那类的"硬朗小生"派，特别适合反串男角。姜淑华长得俊朗英武，两道剑眉、厚厚的嘴唇显然不符合"文化大革命"前的女性审美，但是这些男性化的特点倒是与"文化大革命"中的"造反派"形象很吻合。她的装束很能体现时代特点，留着齐耳短发，总是一身男装行头，不是铁路制服，就是洗得发白的军便服。里面简简单单套一件白衬衣，领口处露着两分白边，挽起来的白衬衣袖口与领子正好呼应，显得利索干练，有一种飒爽英姿的美。

萝卜白菜各有所爱，可以说在Z县，林、姜二人的拥趸不分伯仲。但是随着"文化大革命"中审美的男性化和军事化色彩逐渐加重，姜式着装风格越来越占上风。"文化大革命"中姜淑华是造反派——"红色反修战斗队"的播音员，更是县上"活学活用毛主席著作积

极分子",那一口渲染力极强的"标普",不带一点"盐呱呱"和"党参味"的乡土气。用县革委主任的话说,就是拿到省上比也毫不逊色。

姜淑华在商业局本来是不脱产的兼职团委书记,但是在"一打三反"期间,在这个大宣传、大动员、大落实,打好批判资本主义、批判修正主义总决战的时刻,原来一野部队转业的老政工要不就靠边站了，要不就是跟不上形势，姜淑华便接手了政工工作。她因为有铁路上的人脉关系，自己又关心时事，总是比别人早半拍知道北京政治新动向和全国的形势变化。而且她总能说出一些朗朗上口的形势语言，像那些具有时代最强音特色的口号："只有堵死资本主义的路，才能迈开社会主义的步""克服两怕（怕打击面过大、怕运动过头）、两松（松懈情绪、松懈思想）的保守观念，是搞好'一打三反'运动的关键"，等等。

虽然这些政治口号不是她发明的，但是由于她的最先使用，也让商业局的领导觉得倍儿有面子。人们逐渐发现，政工干部的作用绝对不可小觑，别的单位的领导都特别眼红商业局有这么一个"人正、音美，能给领导脸上贴金"的门面人物。姜淑华讲起话来带点书面语的"政工腔"，但为人并不虚伪，有时还显得挺侠义的。

她比林淑婉还小两岁，但一副"大姐大"的样子，总是"罩"着弱不禁风的林淑婉。如果有人拿"唐志军案"来挤兑讽刺小林，她总是勇敢地冲上去给那些欺负弱者的人以颜色。她开导林淑婉说："你又没有做错什么，你是受害者，犯不着低三下四看别人的脸色。"人们看她二人同出同进，就叫她们"两淑女"。姜淑华纠正说:"我们不是'两淑女',是'两豪杰'。"

不久人们就见识了姜淑华的浩然正气。周三下午半天是商业局系统的政治学习时间,会议由办公室冷副主任主持。此人本来是军转民干部,专门抓民兵工作的,因为"一打三反"打击"现行反革命分子"破坏活动的政治需要,在运动中刚被提拔起来。上级指示传达完毕后,他突然话题一转,说:"我们这里有个别人作风不好,还假模假式地冒充正人君子,真是又想当婊子又想立牌坊。"大家让他说清楚,具体是什么人什么事。

他指着林淑婉说:"这个破鞋,你算什么东西,敢把领导不放在眼里!"

林淑婉涨红着脸,用从来没有使用过的高分贝不无鄙夷地说:"我还嫌你脏呢!让我说出来吗?"一副兔子急了也咬人的架势。

众人愕然,感觉他们之间好像发生过什么。

冷主任没想到一贯见人矮三分的林淑婉这么豁得出去,顿时怂了半截,忙撤火说:"以后再跟你理论,散会。"

姜淑华上前堵住冷主任:"讲清楚,谁给你权力可以随便辱骂别人、造谣诽谤?"商业局的人平日里就不喜欢这个狐假虎威的"生瓜蛋子",跟着起哄让他把话讲明白。冷主任在众人的围攻下只好承认,他对林淑婉有非分之想,想占便宜,曾两次堵住林淑婉对她说:"你也把咱'猥亵一把'。"他小声辩解说:"我只是让她'猥亵'我,我并没有'猥亵'她啊。"

"你这是作风下流,侮辱女同志!"姜淑华义正词严地谴责说。

冷主任臊眉耷眼地在局里待了一阵后,调到别的单位去了。

"猥亵门"事件没过多久,林淑婉又一次成了"党参事件"的主角,而这次林姜二人之间的友谊没能延续,而且还牵连上药材公司的另一个检验员——李向阳。李向阳是单位里的"开心果"式的人物,插科打诨、诙谐幽默,任何严肃的话题都能被他编排成笑话。他走到哪个门市部都能成为中心人物,被一大帮营业员小姑娘簇拥着,引起一阵阵欢声笑语。

此李向阳虽然和电影《平原游击队》里的李向阳同名,但是要比郭振清扮演的那位游击队长俊朗多了。他是陕北榆林人,高鼻梁、深眼窝、络腮胡子,眼珠子有点橄榄色。马建设一看就知道,如果不是有中亚胡人血统的话,就是有突厥基因。明眼人都能看出来,姜淑华喜欢李向阳,经常有事没事地往药材公司跑。但是李向阳大大咧咧,时不时拿姜淑华开涮、调侃,让她"端"

不起来。搞不懂他是真糊涂还是揣着明白装糊涂。

一个星期天,姜淑华看见林淑婉和李向阳前后脚地进了检验室,不一会儿就听到里面窸窸窣窣的声音。只听轻易不笑的林淑婉嗲嗲地笑着问:"要手吗?要腿吗?"

李向阳坏笑着答道:"胡须也要,毛眼眼也要。"

里面传出一声声"哎哟、哎哟""款款弄、轻轻放进去,要不就日弄凌乱了……"

团委书记实在听不下去,转身就向上级举报了林李二人在办公场所"偷情"的"作风败坏问题"。第二天商业局召开群众大会,让此二人交代"罪行"。

由姜淑华举报林淑婉很出乎人们的意料,惹来人们议论纷纷。本来花旦金花就有像妖精似的会"勾引"男人的名声在外,听风就是雨的门市部女营业员更是墙倒众人推,"狐狸精"长"狐狸精"短地表示着自己的义愤。

姜淑华令二人,"老实交代,星期天晚上,你们二人在检验室里干什么?"

林淑婉不卑不亢地答:"在检验室里除了验货登记还能干什么?"

姜淑华红着脸问,"两腿之间很白""胡须""毛眼眼"什么意思?

李向阳起身出去,后边一片叫喊声:"不许走!没有交代清楚不能离开！"

一会儿李向阳端着一个盒子进来，轻轻打开盒子，慢慢取出一颗罕见的多年野生人形党参，质问道："这样的野参你们见过吗？谁家收参不要须子、不要腿？"他指着很像眼睛的根痕问姜淑华："你懂不懂业务，人工栽培的党参能有这样的吗？这是不是'毛眼眼'？"还补了一句，"心里没冷病，不怕吃凉粉，不像有些人凡事都往歪处想"。

有人一时转不过弯来，看看党参，又看看林淑婉的眼睛，似乎在判断哪个更像"毛眼眼"。

李向阳让人们看这颗人形参分叉处已经出现的裂痕，说："不轻拿轻放，掉了品级你们谁负责？"

团委书记搞得很尴尬，下不了台，仍在愠怒地问："那你们笑什么？"

后面人群中看不清是谁幽幽地说："笑又不犯法，谁规定验货的时候不能笑？"

对这种到底有几分是工作、有几分是隐喻的"玩笑语言"，人们只能猜测，无法证实。局里只能不了了之。

文体金花——哈继红

哈继红的故事与上述金花相比就显得比较俗套，好像凡是有人群的地方都发生过。她是东北人，大城市"六·二六"医院支边人员的子女，跟随父母来到Z县。她的头发梳得很特别，既不梳两根辫子，也不留齐耳短发，而是像样板戏里的女主角喜儿、李铁梅、小常宝一样，用红头绳先在头顶侧梳起来，然后在脑后拖一根同样是系着红头绳的独辫。着装也胆大新潮，在当时灰暗呆板的小县城里很惹眼，街上的孩子跟在后面"李铁梅""小常宝"地叫个不停。

哈继红是特批招到商业局来的，领导看中她的两样特长。一是会乐器，弹得一手好月琴。在"文化大革命"普及革命样板戏时期，每个县都要排出一两台样板戏，文艺人才很吃香。更何况哈继红除了会乐器以外，还会打篮球，她原来在东北上学的时候就是校篮球队的。当时人们的业余生活极度贫乏，文工团（当时叫"毛泽东思想宣传队"）的演出往往是一票难求，可灯光球场的篮球比赛是开放的，常常观赛者人山人海。

有热心人早已绘声绘色地向马建设介绍过哈继红在球场上的风姿。哈继红身材健美，三围突出，长腿长手，大方自然，从来不像当地姑娘一样羞于露胳膊露腿。她穿的是红色的8号球衣，只要一上场必定是短衣短裤、白色回力鞋。虽然她既不是队长，投篮命中率也不是很高，但是她球风洒脱，与Z县女队传统作风一点也不一样，打得很开，很有些男篮的气势。

她有两不闲：一是腿不闲，总在跑动中；二是嘴不闲，总是一边运球一边观察对方位置而指挥，满场都能

听到她脆生生的东北话——"抢篮板""打×号位,快,上篮上篮!"不管是自己进球还是队友进球,她都会大声喝彩,所以她更像是县女队的灵魂——只要8号上场,满场都会显得生气勃勃。如果哈继红有演出任务,无法上场的话,有一些专奔着她来的观众就会退场,说"没有了8号,这球就没得看了"。

马建设看过"文体金花"的一场球赛,感觉并不像人们传说的那么神奇,而且只打了半场就坐在场下当"板凳队员"了。以后人们觉得哈继红怪怪的,到底哪里奇怪也说不清楚,感觉她发胖了,即便没有演出任务,也不在球场上叱咤风云了,也一改她往日引领服饰潮流的习惯,大热天的也穿着长衣长裤。直到有一日,马建设正在蔬菜商店听取汇报,一向沉稳的朱弦跑进来,趴在她的耳朵旁说:"你赶快去看看,肉联厂门市部的'胖二'在打哈继红,弄不好会出人命的。"

在赶回商业局的路上,马建设大概知道了原委。哈继红可能与文工团的张振东"好上了"。张振东在Z县也是个家喻户晓的人物,他是文工团的副团长,是家里三代单传的独子,长得十分秀气,是那种男生女相的白面小生,很像古装戏里面的"秀才"。二胡拉得非常好,像什么《满怀激情迎九大》《红军战士想念你》《草原战歌》之类的曲目,每次演出都要返场。

因为文工团里女多男少,人们把他比作《红色娘子军》里的洪常青。张家急于抱孙子,早早给他娶了大他三岁的潘巧巧。潘巧巧是肉联厂门市部的营业员,别看名字叫得灵动轻盈,实际上人长得五大三粗很老相,倒像是张振东妈。人们很少称呼她的名字,因为她在家里排行老二,都叫她"胖二"。

等马建设赶到商业局,门口已经围了很多人,哈继红的辫子已经被胖二抓得凌乱散开,脸上还有几条血印子。哈继红一改往日的快人快语,基本上打不还手骂不还口。胖二越战越勇,抬起腿对准哈继红的肚子就是一脚。马建设赶紧飞身上去挡在了前面,没承想这一脚还挺冲的,一个趔趄没站稳,马建设"哎哟"一声就坐在了地上。

一看踢到了工作组的马组长,胖二的气焰减了几分,但嘴里不依不饶地骂道:"什么小常宝,你就是个'蝴蝶迷'!什么李铁梅,你就是个女王连举!你就是个黄世仁、南霸天!"围观的人群中发出笑声:"胖大姐你这是哪跟哪啊?""笑什么笑,抢人家的丈夫,和黄世仁、南霸天抢占人家的女儿有什么不同?"有人立刻跑去找张振东,但是这位胆小的"洪常青"始终没露面。

"五朵金花"的命运

好不容易劝走了胖二,在马建设的询问下,哈继红承认已经怀孕四个月了,但是死也不说是谁的。不管众人怎么劝,哈继红只是说,她不想打掉这个孩子,想生下来自己养,即便没法上户口,黑人黑户也要养大他。于是局里给她行政记过处分,打发她到照相馆里开票。一时间照相馆门庭若市,很多人跑来只为看一看"怀孕的李铁梅""大肚子小常宝"。

刚开始哈继红瞪着两个大眼珠子,愣是要把看她的人盯得不好意思地退回去。后来她也疲倦麻木了,就像对猎奇的目光有了免疫力,谁爱看谁看,反正不能看少了一块肉。就这样在众人的指点和异样的眼光里,哈继红的肚子一天天鼓起来。但恰恰从那时起,这个原本与商业局人事、业务关联最少,又做出了惊世骇俗举动的人却与大家的关系更加融洽了,商业局的女同事有事没事都会去照相馆坐坐,对她进行妊娠期指导和送去一些婴儿用品。

神笔金花——朱弦

其实把朱弦算作"五朵金花"之一有点勉强。朱弦的五官倒也耐看,身量也不差,从背影看并不输前面那四朵金花,就是戴了一副深色边框的眼镜,把个女儿家的水灵气和清韵都给遮没了。用现在的话说,眼镜使朱弦的"颜值"打了折扣。

如果用戏曲角色分类的话,说她是"青衣"还比较准确。再加上她不像上面四位那么惹人眼,十分内敛低调,一天到晚闷声不响,很容易让人忽略她的存在。朱弦是蔬菜商店的合同工,被商业局"以工代干"借调到局里来。如果不是蔺局长说了一句,"朱弦进来,商业局的五朵金花可算凑齐了",也许她就归到那些一般的女营业员的花花草草里面了。

当然朱弦也是有"看家本事"的,那就是写得一手好毛笔字。朱弦母亲早逝,父亲不知踪影,她跟着当过旧文人的舅舅长大。从"朱弦"这个名字,就能看出舅舅是念过古书、喜好诗词的人。朱弦的表弟小名叫"青眼",一定是舅舅喜欢北宋诗人兼书法家黄庭坚的诗句"朱弦已为佳人绝,青眼聊因美酒横",才给他们起了这么个在县上人看来怪怪的名字。

由于舅舅平时除了喝酒,就是喜欢写诗填词、研习书法,朱弦从孩童时起就被逼着练写毛笔字,酷暑寒冬不管有多少家务和作业,两张大字、两张小字是铁定少不了的。一年下来光朱弦写完的废纸就有几尺高。

在舅舅的严教下督练习字,使得朱弦那笔字远近驰名,连很多老先生都对其书法竖起大拇指。到朱弦小学

毕业时,城关镇里大大小小的门面上就已经有不少她的"墨迹"了。"文化大革命"期间,朱弦是"逍遥派",但是那年月,抄大字报、张贴布告、刻蜡版都少不了能写一笔好字的人。所以各派曾恭恭敬敬地请用过她的那支"神笔",也因此使得本该归于"改造对象"的舅舅一家少遭一些罪。

叫人对她刮目相看是因为"姜淑华案"。前面交代过,姜淑华一直是商业局领导干部的后备力量、党员培养对象,因为"党参事件"形象大大丢分,一下子显得几头不落好。与林淑婉的关系掰了,和李向阳也生分了,最重要的是似乎组织上"考察期"也看不见尽头。就在"一打三反"运动已经接近尾声的时候,突然传来一个惊人消息:姜淑华在与坏人搏斗时遇刺负伤。据姜淑华口述,一个雨后的夜晚,她在办公室里写"一打三反"总结材料,写完已经过了十二点,她出来看到一个坏人正背着一大麻袋的盗窃物品往外走,于是上前阻拦。没料到坏人从雨鞋里拔出一把匕首,抓住她的衣服朝胸前刺来,她还没来得及呼喊就倒在了血泊中。Z县在整个运动中"三反"清理出来的贪污分子众多,但是"一打"尚未抓到典型,于是县公安局包括武装部侦查科的人员都介入到案件的调查当中。

那天夜里朱弦因往局里送抄写的文件,所以被作为了解情况的对象约谈。因为当时政治挂帅,县里面急于破案立功,谁都没有往别的方面想。倒是朱弦提出了几个问题,使人们思维方向发生了扭转。她问:

"第一,雨后地面潮湿,背着麻包的盗窃分子无论怎么小心隐蔽,都会留下蛛丝马迹,为什么前后院里只有姜淑华一人的足迹?

"第二,我们市场上销售的雨鞋都是宽松版,穿到脚上松松垮垮,它毕竟不是少数民族穿的靴子、绑腿,匕首放在鞋里难道不扎脚吗?

"第三,那天夜里姜淑华穿着一件宽大的工作服,如果罪犯抓住衣服刺的话,衣服上的刀口应该比身上的刀口大,为什么衣服上与身体上的刀口一致?那是否意味着没有抓衣服的环节,是直刺进去?

"第四,从刀口的伤势看,并不能导致昏厥,以致影响姜大声呼救。商业局每晚都有值班人员,更何况在'一打三反'期间还加派了巡逻民兵,立刻就能赶来援助。

"第五,各个部门清点过货物,没有发现丢失货物,那么小偷到底偷走的是什么?"

后来公安局顺着朱弦的思路分析,经调查发现这是姜淑华自导自演的一起"自残"事件。自然,姜淑华"狐狸没打着惹了一身骚",党也没入成,提拔也泡汤了,还落了个行政记大过、降级使用的处分。而Z县人们议论的是,"往自己身上捅刀子都不疼的人,那捅起别人来是不是就更没有感觉?想想就浑身发麻,可怕……"于是姜淑华立刻成为被人们戳脊梁骨的"危险人物",人们唯恐避之不及,比林淑婉当年的情景还要惨。

最后"一打三反"运动胜利结束，全县揭出大小贪污犯1517人，涉案金额10.134万元，处分159人，判刑58人，戴帽子18人，自杀22人。临走之前马建设又做了两件事。首先，代表组织去监狱里看了一趟王月敏。王月敏变化实在是太大了，虽然马建设心里边知道，不可能再见到那个玉树临风、明艳照人的"第一金花"，但当一个身材伛偻、剃着光头、脸色黝黑的人坐在她面前的时候，马建设还是吃惊不小，以至于都没有认出来这就是王月敏。王月敏倒是心态平和，说没想到马组长能来看自己，并告诉马建设她已经与"飞行中队长"离婚了，不想拖累和影响人家的前程。

其次，马建设与林淑婉二人去医院里接回了哈继红与她的儿子。要不是看在哈继红是"六·二六"家属的面子上，医院里是指定不给这类人接生的。哈继红摆着一副"死猪不怕开水烫"的架势，显然已经准备好与世俗社会抗争了。林淑婉十分喜爱这个红扑扑的新生儿，抱在怀里不愿撒手，倒是说了一句与她平时孱弱做派不相符的话："别害怕！我们大家帮你一起带，不会让'我们的儿子'受委屈的。"

1976年4月马建设在"兰化"工作时，听回乡探亲的一位Z县的同事说，在批判邓小平"反击右倾翻案风"、追查所谓"总理遗言"的反革命谣言案件中，朱弦因抄写散布悼念周总理的诗歌成为重大嫌疑人。如果仅此也就罢了，恰好又重叠上"合同工罢工案"。

事情是这样的：Z县工商业系统有百十来名工作了五至十年以上的合同工，县上原来答应在1976年给工作五年以上的合同工转正，结果只有其中五分之一属于领导人家属的在名单上，其他人都未能履行转正手续。于是这七十多人罢工，到县革委门前来"要说法"。1976年恰好赶上抓"阶级斗争新动向"的浪潮，向政府施压不正是"右倾翻案风"的典型吗？尤其是朱弦两头都沾，于是两罪并罚，立即被拘捕关押起来。听到这个消息，马建设心里"咯噔"一下，原来以为只有朱弦一人全身而退，现在看来商业局这"五朵金花"无一人能够幸免。后来又联想到自己，在心底里思量，如果自己不改名字，也在金花之列，不知命运如何？

尾　声

三十多年后，马建设已经退休。一日电视台在播送Z县的消息，使马建设想起商业局和那些在政治运动暴风骤雨中叶落花谢的"金花"来，心里惦记着，"也不知道她们现在怎么样了"。

不久从Z县白家堡子来了一个远房侄子。问起县商业局的情况来，远房侄子说："商业局早就不抖擞了，现在谁都可以开铺子、做买卖。再说了，没有'五朵金花'的商业局还有啥意思呢？"并主动说起了这五个人的近况来。

"王月敏是最早下海的人，发嘛（发达的意思）着呢，资产过亿，生意都做到国外去了，在Z县早已见不到踪迹了。林姜二位从'自残'事件以后又好起来了，曾经以党参结怨的人又以党参结缘，'两淑'合办了一家'双赢党参加工企业'，红火得很。哈继红在改革开放以后带着孩子回了东北，那私生儿子可聪明了，考上了大学，又考上了研究生，几年前还到商业局探望曾经照料过他的叔叔阿姨们。张振东一家一心想认这个儿子，不知结果如何。朱弦蹲了半年大狱，平反以后办了一家民办学校，专门教孩子们书法和古诗词。"远房侄子走了以后，马建设才想起没有问她们的婚姻状况，不过转念一想，不问也罢，知道这样的结局就足够了。

"五朵金花"的命运

"黄埔一期"考研记

学俄语,教英语

1977年,我工农兵学员俄语专业毕业以后,本着"哪来哪回"的原则又回到了甘肃省陇西县,被分配在北门外的城关中学当老师。这是一所刚从"戴帽子中学"升格上来的完全中学,地处城乡接合部,教学人员尚不齐备。校长看了看我报到单上写的专业,说:"什么俄语英语,反正都是外语,你就教英语吧!"我惊愕得不知该怎么回答,这可不是开玩笑的。学俄语的人怎么能教英语呢?教导主任在一旁解释说:"学校初中刚刚开设了英语课,师资一时还不齐备,你就先教着吧。"我回家熟悉了一下课本,好在是从头开始,整个一学期都处在"This is……""What is……"的简单句式上,词汇量也不大，我头天晚上现学了第二天再去教也能应付。于是就开始了我的外语教学生涯。

我一共带初一的五个班，因为课程内容重复，没有什么难度。但一周二十个课时的工作量，几乎没有闲着的时候。英语是教改中刚刚增加的新科目，学生没有基础，兴趣也不大，况且通过应试选拔人才的渠道早已堵塞，"读书无用论"弥漫着整个社会。这些刚刚十二三岁的孩子又正是淘气的时候，每个班上都有几个难管的"刺头"，维持课堂纪律着实让人费力。

1977年正是变革的前夜。在省会兰州，已经明显感觉到"文化大革命"事态已成强弩之末，虽然政治气候在邓小平的复出与被打倒之间来回折腾，但对社会主体的不满已经浮现出来。重新回到这个西北一隅的小县城，我感到极大的不适应。这里的"文化大革命"气氛依然很浓厚，以管制方式训导社会的干部仍充斥在各个岗位，一副"我的一亩三分地里我说了算"的霸道劲头。在他们眼里，恨不得所有的人都是可以随意训斥、需要"改造"的"四类分子"和"黑五类"。我报到晚了两天，教育局的人就以工资名单已送往地区为由，说今年这两个月没有我的工资。接着又把我填写的"家庭成分"一栏里的"干部"统统改为"地主"，说："我们这里只有'地主、贫农'这样的成分，你父亲的家庭出身是'地主',那你当然也是'地主'。"

我问他:"照这样下去,地主不会是越来越少,而是越来越多?"工作人员蛮横地答道:"你少给我整这些道理,我说是什么就是什么。"一副捏死你就像捏死一只小鸡一样容易的嘴脸。其实我父亲的革命资历远超过当地的县长,只是当年在西北局党校教国际共运史时不同意"九评"的一些提法,就被打成"修正主义分子"流放陇西,说起来我后来学苏联史还和这一"家学"有关。但是父亲蒙难后就不能填"革干"了,填"干部"也不被允许,在那个天高皇帝远的地方我成了"地主"家庭出身而受尽歧视。从"文化大革命"前下放到陇西,我们已经在这里待了十三年,此时已有一些平反人员陆续回到原单位去,父母也期盼着能重返工作岗位。

重新招生对社会的震动

在学校里,虽然我与一帮年轻女教师关系都不错,但真正能与我交谈沟通的人少之又少。我们外语教研室有一位上海外语学院的老大学生L老师,他英语非常棒,"文化大革命"前就有译作发表,看外文原著小说、听英语广播一点都不在话下。L老师是四川人,属于那种书呆子痴迷型的人物，只要是和英语有关的话题他都极为兴奋，而其他方面的技能和知识则少得可怜。因为在这小县城里没有选择，他娶了某一级带"长"字家的千金——确切地说，是该千金"娶"了他，他倒插门进了女方家，经常带着伤痕来上课。听同学们说，他老婆是骄横的"河东狮子吼"式的人物，嫌自己男人窝囊、没出息，三天两头地吵闹，不给饭吃。有一次我改作业很晚回家，看见他仍在办公室，一问才知道，老婆出门了，把面柜子锁起来了。我就叫他到我们家吃饭。我妈妈知道他是南方人喜欢米食，就把一个月二斤米的定量拿出来，蒸了点米饭。做饭的工夫，我把弟弟收藏的老版的英文书拿出来给他看。饭做好了，我又翻出来一些涪陵榨菜让他下饭。没想到，L老师突然流下了眼泪，他说，这一辈子，有米饭和榨菜吃，有英语书看，足矣。我想，L老师什么样的水平，就在这里教教"A、B、C……"如果让我一辈子就这么下去，实在有些不甘心。

这时大学重新招生的消息已经广为传播，积压了十年的中学毕业生对这个天大的喜讯分外振奋，大家奔走相告，县城里到处遇到的都是借课本的往届的老学生。一时间"洛阳纸贵"，中学课本成为稀缺物，我就曾经为在外地的同学张罗着四处借课本、寄复习资料，忙碌了一阵子。很多人都在为大家都不读书的时候放弃了

"自我修炼、自我提升"的机会而懊悔,我听到不止一个人说,早知今日,当初就不应该把那些数理化书籍都烧掉,还以为这一辈子都用不上它们了。过去被批斗的老师家里门庭若市,学校的纪律一下子好了起来。招生制度导致的整个社会风向改变带来的"蝴蝶效应",一直到多少年以后我们才深切体会到。

如果说"重启高考"成为一桩"全民大事"有点夸张的话,它至少是上千万应届和往届中学毕业生的大事,不知牵动了多少家庭。我哥哥和弟弟也准备在工作之余加紧备考,看得我心里痒痒的。因为我们工农兵学员在校三年,"学工、学农、学军",搞大批判,"批林批孔""批三项指示为纲"的政治运动接连不断,正经上课的时间连50%都无法保障。更何况中苏边界的紧张关系趋缓以后,正常的交流却没有恢复,俄语的实用性很低,所有的中学早都不开设俄语课程。等于说我除了自己掌握了一门半吊子语言工具以外,在这个社会上毫无用处。

我真想再进一次学校,重学一门应用学科。我试着在县教育局探了探口风,看我们这样的人能不能再报考一次大学,答复是"不行!"机会本来就有限,像我这样刚从学校毕业,还没有回馈社会,又惦记着分享有限资源是不允许的。不知道这是被询问人的个人理解还是文件规定。反正我知道，就算政策上允许，在这个"陇西人瞧不起巩昌人"、一把子小官僚一手遮天的地方，学校也绝不会答应我再次报考本科生的请求，于是就死了这份心。要不是怵火 L 老师的老婆，我打算跟 L 老师学英语。

机会降临

就在这时，突然传来 1978 年研究生招生的消息，而且几乎没有门槛限制，同等学力者均可以报考，像我这样的工农兵学员也能报考。报纸上的大肆宣传使得不再需要征得任何人同意，几乎是在第一时间我就决定了"我要报考研究生！"不管怎样也要一试，大不了一搏。否则在层层掣肘的地方真要郁闷死了。

我自认为多少还是有点基础的。像我们那个年代的人多少都有点"苏联文学控"，痴迷俄罗斯作品几乎是一代人共同的经历。除了时代背景以外，俄语的普及和翻译曾出现过任何一个语种都没有的"全民热"，也是一个主要原因。我因为上学早一些，所以爱好趋向都是向上靠，愿意和年龄比我大的初高中生"混"在一起，热衷于追逐他们谈论的话题，所以小学后期和"文化大革命"中间阅读了大量苏俄文学作品。"文化大革命"中的文化荒漠以及个人境遇使我对俄罗斯作品的体会更深了一层，加之当时可读的书籍极其贫乏，有些作品会反复阅读，越到后来我就越偏重于社会背景的描写，故事本身的情节发展倒显得无关紧要了。插队期间我在父亲的指导下通读《列宁全集》，为了辅助了解背景知识，又自学了安菲莫夫四卷本的《世界近现代史》。20世纪70年代学俄语以后，又自学了潘克拉托娃三卷本的《苏联通史》。

接下来马上转入行动——选专业。1978年研究生设置的专业很单调，抛去理工科不说，文科里面没有我所喜欢的苏俄文学。看来看去，还是兰州大学历史系的苏俄历史专业比较靠谱。一来兰大是我的母校，想来大概是由我们俄语专业的老师出外语题，我自信还有几分把握。二来，兰州离陇西不远，真要有什么不解的问题，西去兰州也还比较方便。第三，文史不分家，我很小就对外国文学、世界历史比较感兴趣，所以专业方向目的性明确。

最重要的是，我们学俄语时给我们上"对象国史地"的侯尚智老师，被我们一帮外语系的女生视为"男神"。他一直激励我们，不要被外界环境迷失了方向，"读书无用论"总有一天会被抛弃，机会是留给有准备的人的，任何时候都不要放弃自我提升。即便我离开兰大后，也一直与侯老师保持联系，是他告诉我考研的消息,并说,如果在复习中有什么疑问可以问他。

接踵而来最大的问题就是时间紧迫,剩下也就百天之余了。

我几乎没有时间复习。教导主任早就打招呼了,凡是以考学为理由的事假一律不准,借故托病的病假也不准,这样就把我请假的念头打消了。我们学校所有想考学的人都是奔着"本科"去的,只有我一人是"考研"的。我们校长不知是为了打击我的自信心,还是根本就不看好我,跟我说:"考研究生,像你这样的,复习五年还差不多。"我想他也许不是针对我个人,而是对"工农兵学员"这个特殊时代的特殊产物表示不屑。我心里憋着一口气,这次非要考上不行。

百天冲刺

我差不多每天都有三四节课,再加上要改近三百份作业,只好挤压休息时间了。为了节省来回路途的时间,我吃住都在学校,自己制订了一个"计划表",规定每天必须看多少页书。真到进入状态,才发现越学越没底、越补越缺、越深入越糊涂,我的那点"业余爱好"几乎和这个专业毫不搭界,对两门基础课——中国史和世界史——所涵盖的内容几乎是个门外汉。

连着一个月的夜战，我疲惫不堪，每天闹钟要上十几下才能闹醒我。有时睡糊涂了，把闹钟压在枕头下面或抱在怀里继续睡。为了警示自己，第二天不得已再多上几下，结果闹钟不停地响，邻居的老师们都提意见，早上起来问我："你的闹钟是给我们上的还是给你上的？搞得比上课铃声还要响。"

体力的问题还是内在可以克服的，关键是我缺少外援，有很多不解之惑不知道该向何人请教。父亲在理论方面是高手，但对于世界史还是比较隔膜，尤其是他和"四类分子"一起劳动多年，早已不摸书本了。我决定上兰州当面向老师请教。我星期六下了课，从县城赶到火车站，再坐夜车到兰州，车程七个小时正好可以坐在车上打个盹，这样星期天就有一整天的时间了。当天再坐夜车回去，两边都不用住宿，也不耽误星期一上课。那

时候仗着年轻精力旺盛，这样连轴转竟然也扛下来了。

可有一次买不到晚上十一点多钟从兰州到青岛的火车票（这趟车次正好在凌晨六点钟到陇西，再坐第一趟班车回去，恰好赶上上课的点，）只好买了晚上八点钟的火车，凌晨三四点下了火车。火车站所在的文峰镇到县城有二十里路，我本来可以等到天亮再回去，但想了想，反正也不困，可以走回去。天上正好有下弦月，顺着公路走，应该没有太大的问题，还可以节省四角钱的车费，路上还可以叨咕叨咕我不熟悉的题目。

但是我心里还有些胆怯，主要是怕路上有坏人。稍迟疑了几分钟，又自己给自己打气壮胆说："走！豁出去了，没有什么大不了的。"于是上路了。偶尔有赶早的司机开过去后还惊奇地喊叫说："嘿，是个女的！"我想好了，即便有司机让我搭顺路车，我也决不搭车。途中有一段水洼绕不过去，只好硬蹚过去，搞得我的鞋和袜子全都湿透了。走到县城天蒙蒙亮，我没有回家，径直去了学校。早上八点钟，第一节课打铃的时候我已经站到讲台上了。

也许由于一夜的高度紧张，到了学校有了安全感，我反而迷糊起来，整整两节课我嘴里讲的是什么，连我自己也不知道，人完全处在一种恍惚状态。就这样几下兰州，解决了不少问题，所要考试的科目逐渐在脑子里清晰起来。

考场虚惊

因为临考试前,我的课多且正好处在生理期,就让妈妈替我参加考前告知会议,并去踩点认一下教室。因为"文化大革命"后第一届研究生考试,除了我之外,所有的人都是"文化大革命"前的老大学生,多大岁数的都有,所以妈妈坐在教室里并不显得怪诞。妈妈也没向人家解释是替女儿来的。没想到这给我考试那天带来不小的麻烦。我记得大约是五月份考试,一共考两天四场,和现在高考差不多。所不同的是,"文化大革命"期间外语停学了十年,大家都忘得差不多了,允许带字典。

考场设在陇西师范,同时有小学教师的师资考试。我梳着两个弯弯的毛刷子小辫儿,抱着刘泽荣俄语大辞典,硬是叫人给支到师范考场。坐下来以后才发现走错了考场,赶忙找到我们的考场,监考的老师就是不相信,说前一天来的是个年纪大的人,怎么换成小孩了呢?还说我是"替考"的。让他看了我的准考证,又解释说,前一天来的人是我妈妈,并强调说,"只有年纪大的帮年纪小的替考,没有年纪小的帮年纪大的替考"。好一通费劲的解释,其他人都已经开始做题了,才发给我考卷。虚惊一场,万幸的是总算没把我拒之门外。

我们每个人的考题都是由报考学校自己命题并寄到考生所在地，在当地考完以后密封寄往学校批改。这是当时比较人性化的设计，考虑到考生们路途遥远和食宿不便。那时由于研究生考试人数较少，这样操作起来也比较简单易行。

我由于找教室验证身份耽误了些时间，生怕考试时间不够用，心里直打鼓，手直发抖，连装考卷的信封都撕不破。我们的考场是从一个放置了一堆旧课桌的地方临时清理出来的，所有的桌子都有些毛病，我又来晚了，只能坐在最后一张桌面坑坑洼洼的旧课桌旁。桌子没有一块平整处，一写字笔就把纸戳破了，字写得难看极了。于是不停地写写移移，最后趴在桌子边沿方才解决问题。下午我找了一张旧报纸垫在课桌上，感觉才好一些。

反正我们十几个人，考的是不同学校不同专业，也不存在谁抄谁的问题。监考的人闲着没事，好奇地一份份挨个看我们的考题。也许他看不懂理科的考题，一个劲地站在我旁边抻着脖子看我做题，边看边摇头说"看不懂，做不了"，搞得我心烦得要命。考试下来的四门科目，外语的感觉比较好。说到底我刚毕业一年，虽说这一年里再没有看过课本，但是比起老大学生已经放了很多年外语来说，我还算"现蒸现卖"的，做起来比较顺畅。携带的刘泽荣俄语大辞典基本没派上用场，因为时间本来就不宽裕,翻字典更耗时间。

我考得最差的是政治。考前父亲就告诉我应该复习什么,应该注重时事,可能那些天我忙得脑子短路了,父亲的话一句也没有听进去。打开信封一看,果真是父亲说的那种题型——什么题目我现在已经回想不起来——但恰巧这是我的一大盲点,只能临场发挥了。考完政治我觉得考砸了,希望不大了。两门基础课考得马马虎虎,世界史因为向兰大历史系的老师请教和以前的自学基础,自我感觉还可以,中国史稍微差一点。不知道其他考生的水平,没有比较尺度,我心里一点底都没有。

考完后我就大病了一场。我有一个习惯:在高度紧张、高负荷运转的时候,从来不得病,一旦松弛下来,积压已久的疲劳释放出来就会得病。考完试以后,我满嘴大燎泡去上课,学生们都心疼地说:"老师,你不要领读了,我们自己念课文。"这时我突然感觉到,其实我的学生蛮可爱的。

也许是我的备考劲头对他们有所触动,也许是1977年后重启高考的示范效应,放假前的一段时间里,我明显感觉同学们的学习热情高涨起来。

分数出来后与我预料的差不多:俄语89.5分,世界史70多分,中国史60多分,政治40多分。确切的分数已经记不清楚了，大约记得平均分数是 64—65 分，好像还是有一点希望的。在复试通知下来以前，兰大的老师已经告诉我，我达到了复试线。全县有十七人报考，有两个人接到复试通知，我是其中的一个。据说复试还要刷人下来，我一点也不敢掉以轻心，毕竟离目标近了一步。

我考上了！

六月到兰大去复试，看见前来复试的"准研究生们"，我还是吃惊地咋舌——几乎全是历史系本科毕业的老大学生，年纪最大的有 58 届的大学生，想想人家大学毕业的时候，我还在幼儿园的中班呢，差距不能说不大。这里面既有"文化大革命"期间"红三司"的"理论家"，也有专门替领导起草文件的"笔杆子"，还有从事中学历史教学的老师。只有一个人资历比我差点，就是后来成为我小师兄、再后来成为我丈夫的秦晖。但据当时兰大历史系最著名的史学权威赵俪生先生说，这是一个难得一见的"历史狂""历史癖"，还没有复试，听那口气，赵先生已经打算收入麾下了。这样的阵势不由得使我心里忐忑。

我是第一回经历"口试"这种考试形式。像我这样一个从没专门学过历史的人,"文化大革命"开始时刚刚小学毕业,即所谓"69届初中生"的人,我不知道自己表达是否准确、是否标准。抽签打开一看,我心里反而踏实了不少,题签上的三道大题,有一道是"一战前的国际格局",另一道是有关"俄国十二月党人起义"

的，第三道已经没什么印象了，反正都没有超出我在插队时候自学的安菲莫夫《世界近现代史》的内容。我隐约感觉冥冥之中有一种无形的力量在帮助我。

进去面对三位面试老师陈述自己的看法，在一轮提问后再补充回答。我虽然紧张得手心出汗，但并不慌张，因为我尽力了，就这么大的能力了，如果录取的人都比我水平高，我也心服口服了。事后参加口试的老师告诉我，他们认为我"思路清晰，反应敏捷，可以录取"。我考上了！同时我心里也很清楚，我这个所谓的"同等学力者"，距离真正的历史本科还有很大的差距，有很多课需要补。

那一年我考上研究生，哥哥和弟弟考上大学，我们一门三人同时"中举"（当时坊间的说法），成为陇西县轰动一时的新闻。L老师不无羡慕地对我说："你可算如愿以偿了，我还要在这苦海里熬着。"以后听说L老师被调到了县重点中学，再后来又听说，他回四川老家去了。我考上研究生的消息，对我们俄语专业的女生是个很大的鼓舞。接下来两年，我们俄语73、74级三个班的十四位女生中，有四个人考上了研究生。

"魅力导师"赵俪生

"魅力导师"

1978年我成为研究生时,兰州大学历史系老教授赵俪生先生在"狭义"上并不是我的导师。他的嫡传弟子是研究土地制度史和农民战争史的"七只九斤黄"("九斤黄"是当时知名的优良养殖鸡品种,赵先生曾以爱犊之心把他"文化大革命"后首次招的七名研究生喻为"七只九斤黄",以示对这些可造之才的厚望,一时传为名言),但是当时我们世界史方向的四个研究生都选过他的课,因此从"广义"上我也可以算作赵先生的学生。

赵先生是兰州大学历史系的第一号领军人物,我们还没有进校时就已有耳闻。中国当代著名教育家江隆基"文化大革命"前从北大校长任上被"贬谪"西北就任兰大校长时,曾亲自带领崔乃夫、丁桂林等副校长连续听了赵先生两年的中国通史课,评价是:"听赵俪生上课是莫大的享受。"当时历史系只有赵先生一人可以开出从原始社会到鸦片战争的"大通史"课。诸如此类的"段子"在同学们中间早就传开了,于是为得见"真神",跟我有同样想法的同学都选了赵先生的课。每次听先生讲课都要提前去占座位,否则堂堂爆满的教室是进不去的。

赵先生风度极佳、洒脱俊朗,典型的"山东大汉",一米八几的个头,年轻的时候准是一"美男子",而老年时的满头银发更透着风采。尤其上课时的"台风"真是没得说,干净的白衬衣掖在银灰色西装裤里面,既简洁明快又十分郑重,也就是如今人们所说的"十分出镜";讲课声如洪钟,山东味的普通话幽默诙谐,生僻的古文献朗朗上口、抑扬顿挫、合辙押韵,最重要的是内容"抓"人。

那时"文化大革命"刚刚结束,我们的知识都相当贫乏,无非读过范文澜、郭沫若几个人各自主编的几部"中国通史",所谓的历史知识不过是死记硬背了一些不能有机组合的"碎片"而已。听赵先生上课不同,他讲的事件是以鲜活的人物串联起来的,立体可感,而且不拿讲义,似乎一切都烂熟于心。听着先生纵横几千年的演讲，逻辑关系紧密、史论结合、环环相扣，听到入神处经常忘了记笔记，往往是不知不觉就听到了下课铃声。

先生上课时极投入，常常达到忘我的地步，一堂课下来整个背部都被汗湿透了。你会感到他深深陶醉在自己的研究领域里，先感动自己，然后感动听众。听他的课时，我脑中总会闪过一个风马牛不相及的名词：京剧舞台上的"威武大将军"。坐在我旁边的一位女生说："听了赵先生的课我会爱上赵先生、爱上中国史的。"我们私下里都称先生为"最有魅力的导师"，我认为他的课是我这一辈子听过的最精彩的课。

"五绝"教授

后来我们总结了赵先生上课有"五绝"：一绝是板书，二绝是文献，三绝是外语，四绝是理论，五绝是博而通。这几大因素综合在一起，才能驰骋史域如入无人之境。

先说"板书"。赵先生上课时的板书量很大，专有名词、人名、地名、征引的文献、历史地理地形图，甚至包括人物肖像，讲到写到，常常是话音刚落粉笔头也落地，几乎同时完成，又快又好。有图有画有重点，每一黑板都是一件艺术品。先生的书法在史学界是颇有名气的，找他求字的不在少数。试想我们一堂课要看几黑板的"书法作品"是种什么样的享受？也就是我们这头一届研究生有此眼福。以后先是他那"七只九斤黄"中的一人上去替先生擦黑板，后来就改为先生在前面站着讲，几大弟子轮流上去板书。

这可是个很考验人的硬功夫，凡需要板书的内容必须跟着先生的思维走，功底好的师兄把能替赵先生板书作为一种荣耀。这种课堂煞是好看，先生讲得精彩跌宕，弟子板书如行云流水，有点像将军指挥作战、参谋从旁布沙盘一样。而赵先生上课旁征博引，又常常没有讲义，中国史上的名词生僻字又多，有些助教都未必跟得上。记得有一次在阶梯教室上大课，先生在前面闭着眼睛讲得完全进入了状态，忽然感到下面骚动不停，回头一看，负责板书的助教写了错别字，擦了写、写了擦，最后还是一"嫡系弟子"赶快上去救场。

二绝是征引文献。凡是在历史系上过史料学和古文献课的人都知道，古文献可以称作"中文里的外文"，断句、诵读、解释里面的学问老鼻子了，在我们这些学世界史的学生看来甚至比外语还难。我实在惊讶先生何以像竹筒倒豆子一般，大珠小珠落玉盘，不打半点磕巴。

后来从先生那里得知，他的真功夫一是得自"家学渊源"，其父当过秀才，在赵先生幼年时就为他编写了

《集腋成裘》,要求达到倒背如流。二是得自清华大学外语系读书期间听了闻一多先生开的《诗经》《楚辞》《唐诗》《中国古代神话》四门课和杨树达先生的《训诂学》,从此踏上文献学的门径。三是得自当"右派"期间在资料室整理卡片时的学养积累。有此三得,多少文献早已烂熟于心,所以脱口而出并不是什么难事。现在想来老辈们的"童子功"我等望尘莫及,在"快餐文化"流行的当下,以后怕也少有这样的大师了。

三绝是外语。我是从外语系"弃农经商"考入历史系的,外语系里外语好的老师有的是,可是在历史系就不同了。即使搞世界史的老师,因为多年不用外语,在"文化大革命"刚结束的当时也没有和外界的交流,口语好的人实在不多。全校研究生的英语教学还徘徊在《许国璋英语》第二册,大家几乎都是哑巴英语。

而一个中国史的老先生,不但时常有英文板书,而且动辄能来几句标准的、很绅士的伦敦英语,赵先生在20世纪70年代末可真是领了风气之先,叫我们大开眼界。他不像现在的某些"海归"为了显摆成心在汉语中夹杂英语,而是恰到好处地提示一下。其实我知道先生在清华读的就是英语,还有译著发表,这点随口的标注不过是小菜一碟。先生在课堂上还提到受雷海宗先生的影响,这是我第一次知道雷海宗。当时给我的一个很重要的启示是，搞中国史研究，外语都是不可或缺的工具，更何况我们学世界史的。

四绝是理论。我选先生的两门课分别是《中国古代史讲座》和《土地制度史》，尤其后一门课激起了我很大的兴趣。我没有读过高中，初中三年全是在"文化大革命"派性斗争中度过的，后来虽然自学了世界史，也读过一些马恩、列宁的书，但父亲的"修正主义"帽子也给我造成了很大的心理暗示和自我约束，纵然心里有很多"为什么"，也不敢有自己的思考，比起同龄人也就是多记住了一些词句和事件。先生一直是左翼人士，又是民国时期那一代马列主义新史学家，那时的马列主义是"新学"而绝不是"官学"，可以说是富有活力的。

20世纪50年代中国史学理论界有"五朵金花"之说，即当时马克思主义新史学主要开辟的五个领域：古史分期、土地制度、农民战争、资本主义萌芽和民族融合问题。赵先生被公认是其中两朵（土地制度、农民战争）的创始人。学术含量最大的创建在于建立体系上的史学范式，当时的史学仍然没有脱掉阶级分析框架，但是不死板、不背教条、不畏惧权威，郭沫若、范文澜这些史学界最高权威的观点经赵先生一剖析也会漏洞百出。而且他完全是用自己的语言、自己的思考，并且对马列这些"老祖宗"同时代的其他理论家如普列汉诺夫、查苏利奇、卢森堡等各自的观点都有比较研究,使我感觉自己的视野一下子有了一个飞跃。

这门课最大的特点是"问题意识"非常突出。一个问题套着一个问题,使人总在"为什么"里遨游,调动起高度紧张的思考,然后从逻辑上一层层地推开。在这个过程中我突然有了把原来的"死知识点"贯通整合的意识,甚至有了与先生不同的看法,这让我非常兴奋,有了争论的冲动。由于我在我们这一届研究生里年龄最小、资历最浅,没有自信敢与师兄们论理,但又心有不甘,以至于室友说我晚上说梦话时在跟人辩论。可以说是赵先生传道授业的方式把我领入史学领域的,后来我搞俄国农村公社研究就是受赵先生讲"亚细亚生产方式"时谈及俄国公社的启发。

五绝是博而通。先生上课大气磅礴,严谨缜密的逻辑推理和形象生动的浪漫描述相辅相成。纵向的中国几千年,横向的世界中世纪、近现代全部存于胸中,背景越大所讲的历史越清晰。我记得讲"井田制"的时候就涉及罗马的军事隶农,西欧的马尔克、采邑,俄国的村社。这种"大历史"的高屋建瓴有一种大师对历史的驾驭感,"进得去,出得来",全然不像一般中学的历史课,扣着课本每堂课的那一段叙述,既没有长时段的历史感,又缺乏横向的比较,孤零零味同嚼蜡般地给出"原因""过程""意义"。这种把整个世界历史都融会于心中的比较方法后来一直成为我治史的追求。

先生的涉猎博大精深，文学、哲学、史学、民族学、经学样样精通，用他自己的话说，喜欢"打一枪换一个地方"。先生的另一特点是很有当代意识，那些古代难懂的制度安排和官名在他的课堂上全部被诙谐幽默、妙语连珠地替换成现代对应关系。据先生说，他的这种研究方法得益于从解析几何训练过程中得出的"万斯通"法，该方法希望学生成为"通才"而不是"匠人"，虽大但绝不空疏。先生常说的一句话是"大题目越做越小，小题目越做越大"。不过，赵先生虽然讲课灵活不羁，但他写文章却又严谨规矩。

几十年过去了，不但我们早已带了研究生，我们的学生也都带了研究生，林林总总传递下来的徒子徒孙队伍怕有百十号人了，当博导、大学校长、学科带头人、教授的比比皆是，很多人在专业领域早就是"一方诸侯"。有的能言善辩，有的板书写得行云流水，有的史料倒背如流，但是就上课"综合指数"和"讲台风度"而言，没有一人能达到赵先生的水平。用先生常用的打分标准比喻，先生可以达80分，我辈中最好的也就是60分上下吧。

率真个性

先生个性突出,十分真实,没有半点为人处事的圆滑,也不被环境所钳制,率真透明得近乎孩子,绝对具有梁山好汉"路见不平一声吼"的性格,因为他内外一致,口无遮拦,凡是看不惯的人和事都会站出来打抱不平,性急之处撸起袖子干仗都时有发生。他最见不得以权势压人的"学霸""学阀",为此得罪了不少人。建国以后中国的知识分子经过历次政治运动,语言、思维、考虑问题的方式早已被"四 S 哲学"(Submit、Sustain、Survive、Succumb)改造得可以,往往不自觉地自我约束。先生却是一个很少的例外。当年他因为引用列宁的话要成仿吾尊重知识分子被迫离开华北大学,后来又因为在中国科学院看不惯某领导对待吴有训、陶孟和的颐指气使,屡发牢骚而得到"影响领导威信"的评语,从而离开科学院。1957 年"反右"时,本来很"左"的赵先生因发表文章《放的关键在于领导》被打成"右派",从山东大学被发配到兰州。但是多年以来先生"不接受教训",一直保持着想说就说的"自我本性"和棱角鲜明的自由个性。但是先生自己说,他比年轻时候狡猾了许多,文章的风格也表现为胆怯，凡事想说不敢说，又不甘心不说，文风就表现得曲折了。

先生的率真还表现在从来就不隐讳自己的缺点和挫折，对自己的经历既谈"过五关斩六将"也提"走麦城"，对别人的批评意见及学术观点的争论都毫无掩饰，在不断的自我更新中对自己过去的评价十分犀利。先生不但是老教授，也算是老革命了，一二·九运动时是北平学联骨干，曾与姚依林、郑天翔、王瑶四人发起"抬棺游行"，抗战爆发后他与北平一批革命学生到山西参加中共抗日武装，担任营教导员。

建国后一般人说起这类经历都会津津乐道引以为荣，如果在其中栽了跟斗则会引以为憾乃至引以为耻。但赵先生谈起当年事只是当作有趣的经历，一副平常心，无所隐讳也并不夸耀。说起在中条山打游击，他坦言自己很胆小，枪一响吓得腿肚子发抖，不是沙场建功的料；到了延安又折返西安，则是因为先天具有"自由主义性格"，平生最不喜欢开会听报告、服从组织纪律，在延安待下去不会有什么好结果。

先生始终保持左派思想，并不认为当年投身革命错了，但也决不遗憾自己重归学林。"投笔从戎乃血性，卸甲读书为率真，平生不务趋时举，我行我素一凡人。"他评论自己"小有才，有一点肤浅，也有相当的骄傲"，这些年来,"受客观与主观的限制,充其量是史学园地的一朵寒葩"。

先生作为老左派,在国民党时期充当反对派并不奇怪,而在"左派"得势时他更历经坎坷磨难,甚至女儿惨死,自己"失业",九死一生,几乎魂断夹边沟。到了改革时期,先生可谓否极泰来,达于事业的高峰,却照样愤世嫉俗、痛恨时弊,可谓永远的批判者。不能说他的批判都是对的,但这种批判精神实在难能可贵。

快人快语

有两件事给我印象最深刻。其一是当时全校闻名的"研究生答辩风波"。

1978年先生复出后带的第一届研究生是两个不同研究方向的,基础课、选修课的讲授和辅导全由先生一人包揽,一副掏心掏肺恨不能立马把自己所有的知识都传授给弟子的架势,工作量之大可想而知。正是因为倾注了全部心血,赵先生对膝下的"七只九斤黄"十足地像"护犊子"的农村老太太,看着他们眉里眼里都是笑,对他们的进步和特长更是充满了鼓励赞赏。先生口才好,语言又形象,直率的夸奖却引来一些教师心中的不快和妒忌。

我们第一届研究生的毕业论文是最大的重头戏，基本上从一进校就开始着手毕业论文的准备，到论文答辩时个个都拿出了如同专著一般的长篇大作。但是听说那一年有一个规定，硕士授予率只能控制在研究生毕业人数的60%，也就是说甭管论文多么优秀，还是有一批会被无情地挡在门外。这项规定成了那些憋足了劲要给赵先生"九斤黄"好看的教师们手中"生杀予夺"的权力。

恰好这次担任中国史研究生答辩主席的是中国社科院历史所的一位著名学者，我们都知道赵先生在"古史分期""农民战争"等问题上与这位先生有分歧。对赵先生请这样一位学术见解与自己相左的人来主持答辩，我们在佩服先生胸襟坦荡的同时，也认为他们应当已经有了默契。既然能请他来，先生一辈之间的学术论争应当不会殃及学生。但没想到心无芥蒂的赵先生根本没有与这位客人做什么沟通，而本系参加答辩委员会的某些教师却极力迎合这位客人的学术偏好，并顺着这些偏好给那几位师兄设计"绊子"。就在中国史师兄们信心十足准备答辩的同时，打算着实"卡"这几位赵门弟子一把的教师也在"磨刀霍霍"。我在资料室就看见参加答辩的某教师手捧师兄的论文逐一核对史料寻找纰漏。

因为我们是"文化大革命"后第一届研究生,大家都不知道论文答辩是个什么阵势,答辩的时候挤满了各级的研究生和77级本科生,以至于连走廊里都挤满了听众。上场的师兄刚开始还胸有成竹地宣布"科学的入口就像是地狱的入口",但后来架不住几个答辩教师轮番唇枪舌剑地轰炸、用放大镜挑瑕疵,很快就大汗淋漓,气氛极为紧张。赵先生的脸色越来越难看,我们嘀咕说,这哪里是答辩学生,导师也同样站在了被告席上,看样子真的要把我们送进地狱的入口了。

最终可想而知,这位师兄的论文没有获得通过。赵先生很是愤怒,但他罕见地没有发作,而是闭门谢客,拒绝参加后续的答辩。那位客人一连等了两个星期硬是不见下文,只好悻悻而返。这次赵先生的"七只九斤黄"只有三个拿到了硕士学位。虽然当时初次授予学位普遍比较严,但这么低的授予率仍很罕见。从那几位师兄的资历(都是"文化大革命"前的老大学生)、当时的论文水准(应该说不亚于现在一般的博士论文)和后来他们的学术成就看,如此苛刻显然有失公平。

事后谈起,大家觉得赵先生未免太天真,既是论敌又无私交,就请来让他"主审"自己的得意弟子,显然相信他会公正持平。不料信人太过，而有人也存心挑剔，导致如此意外结果。赵先生伤心之余，从此一连数年拒绝再招研究生。而那几位师兄"有幸"成为先生仅有的嫡传弟子。

第二件让我印象深刻的事是，有一次我去给赵先生送一篇文章，正碰上一位年轻的教师也在赵先生家，不知什么原因谈到了一些先生不喜欢的人，先生误认为这位教师与他们同流合污、沆瀣一气，用山东土话跳着脚骂起来，火气之大差点把房顶掀起来，谁也劝不住。我可算真正领教了赵先生的脾气。但事后赵先生知道冤枉了这位年轻教师，又是写信道歉又是当面检讨。赵先生就是这样，快人快语，直来直去。对人不留情面，不考虑"关系"，更不会搞小动作；对己也不饰非，责己严于律人。不相知者谓先生脾气大，深知者谓先生有童心而无心计，其实可爱可敬。

还听先生讲过一件小事。一次先生在苏州讲学期间，去邮局寄书，因为人多排了好长的队，快到先生时，柜台的工作人员硬要先办理排在后面的一位老外的业务，名曰"外宾优先"。由于先生还要赶回去上课，就动了脾气，把手里一摞书往柜台上一摔，说既然排队就人人遵守规则，"外宾优先"为什么不另给外宾开一个窗口，或者挂一块牌子注明呢？又用英语对后面的老外讲了这个道理。老外很明事理地认为这里只有"顺序优先",两人用英语攀谈甚欢,营业员见状只好按排队顺序办理。这些小事都能反映出先生率真的性格来。现在的社会人人老于世故、城府高深,像赵先生这样的人,真是太少了。

"秦老爹"记趣

忘性最大的"好记性"

我们在兰大读研究生的时候,赵俪生先生经常夸秦晖的记性好,说"这个小广西过目不忘,真是'史学癖''历史狂'啊",以至于在兰大一时传为美谈。还有人形容秦晖拿一本书在眼睛边上"来回拉几道",就看完记住了。刚开始我也挺惊讶,这人脑子里装下多少东西啊!每每涉及历史上的地名、人名、年代、史料都能脱口而出,再复杂也不会混淆,讲起历史来比他平时说话顺溜多了。

记得我们进校后就进行了研究生第一外语过关考试,考试过关即可免修。他一个从未有过外语专业学习经历的人,在第一轮过关中就与一位译过四本英文书的老翻译并列第二名。第一名是位华侨，英语是母语，口语比英语老师还好，当第一名大家自然心服口服。可是秦晖这个第二名太出乎大家的意料了，闷不吱声的"小广西"，和我一样是69届初中生，考研前学两本《英语语法》就一下子能英语过关？那一年的英语题我也做了，只得了16分。

我是真心想向他请教学习方法。有一次我们冬天打扫教室，他站在窗台上擦玻璃，我在下面递抹布。我看着秦晖解放鞋里不穿袜子的黑黢黢的脚，突然闪过一个念头想调侃他一下，狡黠地问："秦晖，你外语过关的诀窍是不是不穿袜子？"没想到这老兄没有一点幽默细胞，一本正经地答道："那你把袜子也脱了。"噎得我不知如何作答，可算领教了这不善言辞的小师兄了。

紧接着他又投入到第二外语——日语的学习中。我有一位大师兄，在"文化大革命"中花了十年时间自学日语，是我们大家公认的日语权威。在我们刚进校的时候他已经可以像看中文书一样阅读日文资料了，而且为帮助我写学年论文，还给我翻译一篇日文论文，让我佩服得五体投地。可是没有想到仅仅半年时间，秦晖的二外日语以全校第一名通过，分数在我师兄之上，搞得他很没面子。那时候我和秦晖还不太熟，我们都觉得肯定是老师判错卷子了，我还自告奋勇要去帮师兄查卷子。后来我才知道,秦晖只不过是善于考试罢了,应用的能力当然比不得那些多年训练的人,听说能力就更不行了。

但即便这个考试能力,在那个年代已经让我刮目相看,在我们第一届研究生中也都传开了。后来我和秦晖去日本,发现他的阅读能力还凑合,口语基本上是哑巴张不开嘴,至于听力就更不行了。我问他日本人说的是什么,他答:"说的是日语。"这不废话吗?还用你说。不过我俄语听力也基本上还给老师了,也不好嘲讽他。

出去旅游的时候,不论国内国外,即便是他第一次去的地方,他也会如数家珍一般告诉你,这条街道以前叫什么,历史上发生过什么事情,过了这个路口在哪里转弯……往往叫当地人都目瞪口呆。可是在生活中会发现,他的脑子就像一间房屋,只能容纳下他感兴趣的东西,至于其他是储存不进去的,所以他也是出了名的"迷糊虫"和"无脑人",属于"记性""忘性"都很突出的类型。

有时候我出门上课前看见他在穿袜子,等两节课下了回家,看见他在穿另一只脚的袜子,我就会很纳闷:"难道你的袜子有两公里长,为何会两三个小时都穿不完呢?"显然这期间他手里攥着袜子去干别的事情了,回过神来发现手上一只袜子、脚上一只袜子,才去穿另一只。

"秦老爹"记趣

秦老爹脑子够用起来显得比谁都好使，但笨起来比谁都笨。有一次我们一行好几人搭乘地铁，大家手持一卡通鱼贯而入，到了他却意外卡住了。秦老爹显然不知在想什么，脑袋短路忘记该如何过地铁闸口，只好冲着最后一个人大叫："我过不去啊！"我没好气地转过身来，隔着闸门从他口袋里摸出一卡通，递到他手里，让他像别人一样照猫画虎刷卡进来。就这么简单的事，他犯起迷糊来真让人哭笑不得。

刚工作的时候，我们住的是教工筒子楼的一间宿舍，没法起火做饭，为了节省时间，往往带着水壶、饭盒去上课，有时会在学生食堂和同学们边吃边聊。但有

时候下课比较晚，食堂没什么菜了，我就会先回宿舍，用煤油炉下点挂面，或者简单做个西红柿蛋花汤、拍个黄瓜什么的，让秦晖去食堂买两个馒头顺便捎一壶开水回来，想着两人协作毕竟会节省些时间。

结果发现一个规律：他每次都只能拿回来一样东西。买馒头的碗回来了，提开水的壶就会丢在食堂里；一壶开水提回来了，买馒头的碗又会扔在开水房。每次询问"另一样东西呢？"他才会像大梦初醒一般匆匆又回去找。好在这些东西一般都丢不了，下楼再跑一趟都能找回来，原本为了节省时间，结果往往事倍功半。

他下楼去给自行车打气，十有八九打气筒是有去无回的，为此我们买过好几个打气筒。洗了衣服让他晾晒一下，他就会空手回来，问他"盛衣服的盆呢？"这才恍然大悟匆匆返回去拿。每次想让他帮一把手，基本上都是更费工夫。买菜的时候如果不记在一张卡片上，"白菜、萝卜、黄瓜"就会变成"土豆、茄子、洋葱"，这个时候我就会感慨，你枉担了记性好的虚名，其实是天下最没脑子的人。做好了饭，他下楼去取个报纸的工夫，都会溜到不知哪里发呆去了。以后出于无奈就彻底免除了他在这方面的"劳役"。

以前在陕西师大，那时候我们一个楼道里每家轮流值日一周，负责打扫楼道和楼前的一块责任区域。有时候因为我要照顾女儿或者去上课,就让秦晖承担这项任务。我们倒垃圾的地方是在每一层楼道的拐角处,有一个垃圾道,秦晖扫楼道很认真,但可笑的是,撮垃圾的簸箕总是会随着垃圾一起扔掉。第一天把我们家的簸箕扔进了垃圾道里,他不好意思说,第二天就从邻居家里借簸箕,结果簸箕和脏土又"同归于尽"了。

这老兄可能想着,过两天清理垃圾的人来了,就能找回来。第三天再次借了楼下老师家里的簸箕,又是同样的结果,真不知道他拿着簸箕的时候在想什么,怎么就不接受前两次的教训呢?也许在想前两个都扔进去了,索性第三个也下去吧。后来邻居找上门问他簸箕呢?他赶忙跑出去买了一摞三个新簸箕回来,挨家敲门还给人家。他也不告诉我这件事,还是邻居跟我说借去的旧簸箕怎么变成新的了,我才知道其中原委。怪不得我还纳闷,他怎么关心起清理垃圾的时间了呢?

对秦老爹来讲,眼镜是最重要的随身物品,没有之一,可是偏偏眼镜是几乎每天都要寻找的东西,一天到晚就听到他用壮语在呼"镜达谷(我的眼镜)?""镜达呢?"还一边找一边自言自语地说:"为什么就没有人发明一种有铃声的'镜达',我一按按钮它就会'回应'?"为了克服这一困境,他往往一配眼镜就是好几副,有的眼镜因为经常戴会习惯一些,但一般情况下总是刚刚戴习惯就会"失踪"。几年后，要么在一本书中发现，镜片早已碎成渣了，要么裹在一叠杂志下面，在处理废旧报纸时才被发现。

脑子会"短路"的人

秦老爹有一个最大的本领就是让所有的东西"移位"。如果家里两天没人，就他自己，会发现筷子不在筷子筒里而在沙发上，书不在书架上而在床上，茶杯在洗手间里，碗在电视背后，眼镜夹在书里，袜子往往只能见到一只，让人慨叹他制造混乱的能力。一般情况下，他吃了饭不洗碗，因为饭渍干了以后十分不好洗，就拜托他接点水泡起来。等回来一看，厨房水池子里满满一池水上漂着两个空碗。你指责他，他还狡辩道："你也没说，要把碗像潜艇一样沉在水底。"

后来我才琢磨出他的特点是大脑好小脑不好，这种人往往手脑不协调，不像我等常人一样"均衡化"。以前热牛奶的时候我都会嘱咐他看着点锅，不要让牛奶溢出来，可是每次都会听到他在灶台前大喊大叫"扑出来了！扑出来了！"那你倒是下手端锅或者关火呀，只看见他举着双手不知所措。事后问他："既然怕牛奶溢出来，你怎么不早下手啊？"他就会说："我看的时候还没有溢,可是转眼的工夫它就冒一锅台了。"真让人哭笑不得。

你会觉得他脑容量足够大,就是不知道什么时候会"短路"。他经常可以做到视而不见,很多次我在路上碰到他,只见他像梦游似的礼貌性地点点头,像是遇到某个不太熟的同事。我瞪着眼睛冲他使劲点头,指望他能够"想起"我是谁。一般情况下他都会面无表情地擦肩而过,偶尔会恍然回神到正常状态。一次我和女儿在院子里打羽毛球,碰到一位外地来的人找秦晖,我们并没有说明自己的身份,只告诉问路者具体怎么走。等我们返家时在电梯口就听到了他的大嗓门,正在尴尬他如何向客人介绍我们的时候,只见他旁若无人地从我们之间穿行而过,压根就没看见……

女儿小时候学习走路,他在旁边看着孩子晃晃悠悠要摔倒,也是只会喊不会伸手。我会在比他远的地方一个箭步冲上去伸手接住孩子,问他:"这个动作难吗?"我去上课,他在家里喂孩子吃饭,面条很长,他不会想到用筷子夹断了再喂,而是让孩子像小鸟一样仰头张嘴,他站起来把长长的一根面条一点点放下去。那个姿势如果当时拍下来堪称一景。

有两次我们去朋友家里做客,大家都把鞋脱在门厅,出来的时候各自穿了自己的鞋与主人告辞。有人东找西找，然后问："我的鞋呢？"人常说鞋合适与否，只有脚知道，所以是不是自己的鞋，一上脚就能感觉出来。这种情况下我第一个怀疑的就是秦晖，往他脚上看，果然他穿着比自己脚大一号的鞋站在那里浑然不觉。我就告诉他："你穿了别人的鞋。"他很无辜地答道：

"秦老爹"记趣

"我感觉就是我的鞋。"其实别人的鞋无论颜色、款式、大小都与他的相差甚大。还有一次,他冬天穿了一双棉拖鞋去上课,我发现以后对他说,这样不好,不符合教师的课堂仪表。猜他怎么回答?他说:"这两双鞋有区别吗?"

穿着随心所欲的教授

秦老爹穿衣服很随便,这本来也没有什么奇怪的,有人甚至认为属于"名士风格"。但是有些场合,过于不拘小节会让人哭笑不得。以前在陕西师大上课,他经常一个裤腿高一个裤腿低,斜挎着一个军绿色的书包,手里攥着讲稿,像插秧一样站在讲台上。他嗓门很大,上课总爱说"是吗?""这个很简单"之类的冗言。我们同时给85级开课,尤其当夏天开着门上课,他的大嗓门总会影响到我的课堂,整个走廊里都听到他的"是吗?是吗?"搞得同学们支棱着耳朵听他讲什么。

秦老爹对穿什么毫不在意,根本不往心里去。给什么穿什么,不要求他换衣服从来想不起换。有一次给他一件干净衬衣,可是却找不到换下来的衬衣。我好生奇怪,人都没动窝衣服怎么会不翼而飞呢?我在床下枕下找了半天,突然想起来对这种人不能按常规思维考虑,就把他的衣领扒开看，果然两件衬衣叠穿在身上。以后我都是在他睡觉的时候把脏衣服收走，把更换的放在床边。他起床有时候没看见衣服，就会坐在床上大喊："我的衣服呢？"从来只有董永偷七仙女的衣服，为什么到我这里会反之呢？

从西安刚到北京，进入中农信工作的时候，那栋写字楼不允许男士穿短裤和露趾凉鞋进入，他每每被门卫拦下。次数多了，所有的门卫都认识了"喜欢短打扮"的教授。他愤愤不平表示，为什么女士可以穿裙子和露趾凉鞋，男士就不行呢？有一次德国总统到北京和一些学者座谈，毕竟事关外交礼仪，大家都西装革履准时准点到场，只有他穿着旧夹克衫拎着一个烂纸袋子，下课后急忙赶去。因为赶得满头大汗，落座以后撸起裤管就发言，感觉像在田间地头一样。我想德国总统心里肯定会犯嘀咕的。

有一年夏天开国际会议，包括他在内的五人正襟危坐地在台上发言。别人都是衬衣、西装、领带，再不济也是短袖衬衣、长裤、领带。只有秦老爹凉鞋、短裤、短袖衬衣显得格外突兀。一些朋友知道他着装随意，往往会在会议通知上特意为他多嘱咐一句"注意着装"，或者"要求正装"。很正式的着装会弄得他浑身不自在。

我也知道他不会根据场合调整穿着。如果出国开会十天，我会给他准备五件衣服，告诉他前五天每天必须换衣服。他问："五天换完了，以后没有衣服穿怎么办？"告诉他可以再换一轮。他说："既然这样，那几天换一次有何不可？不是同样道理吗？"我告诉他不一样，每天换衬衣，一来表示对会议的重视和对别人的尊重，二来显示出管理个人的能力，如果一个人连自己都弄不清爽，何谈其他？可是他的思维不同常人，他说："我从来不知道别人穿了什么，我只注意到他讲了什么。如果我的洞察力放在穿上面，那还是我吗？"结果不管带去几件衣服，他就只穿一件。这才真叫"轴"得"秀才遇见兵，有理讲不清"。

所以每次出差带了换洗衣物也是白带，偶尔换一次还会把换下来的衣物丢在酒店里不带回来。有一次出国，一块没吃完的黄油和西装搁在一起，生生把新西装给毁了。如若穿毛衣，一般是正一天反一天，反着脱下来就正着穿，正着脱下来就反着穿；对鸡心领的毛衣他大概可以分出前后，对圆领的毛衣经常拎起来不知哪面是前哪面是后。告诉他一个识别的方法，让他记住有商标的是后面，可是他照样出错。他经常去参加一些很严肃的会议，回来看拍的照片，反穿着毛衣脖子底下卡着一枚商标，要多难看有多难看。

我一气之下干脆剪了商标，不分前后就不分前吧。而且他认准哪个式样的衣服，即便穿破了买新的，也要照旧的再买一件。有人感觉他多少年来就穿着一件衣服，其实同色系、同款式的夹克他有好几件，即便换了别人也看不出来。他说："女人一定要让别人感觉她每天都在换衣服，我就让别人感觉从来就是一件衣服。"

秦老爹掉了上下两颗门牙，吃东西不得劲，刨咬的能力下降，他又不爱戴假牙，自嘲说："我要是自然界的啮齿动物，就会被淘汰。"又没法种牙，因为牙床基础不好，种植的根基站不住，等于土壤疏松，栽种了树木也不牢固。所以每次吃水果都会刨出一道垄。

他说："我这是在实行赵过的'代田法'：'一亩三圳，岁代处'。"我一时没明白，经查知道出自《汉书·食货志》，是汉武帝时的赵过提出来的。赵过是西汉的搜粟都尉，他在干旱地区推广过一种耕作方式：在田里开沟作垄，形成沟垄相间的条状，作物种在沟里，第二年沟垄互换。说白了其实就是轮耕制，以恢复地力。据《汉书·食货志》记载，"代田法"实施后，"一岁之收，常过缦田一斛以上，善者倍之"。心想学历史的人就是不一样，掉一颗牙也有如此说头。缺位的牙一直没补上，于是"一亩三圳，岁代处"的"代田法"还一直实行着。

张口就改歌词

秦老爹喜欢唱歌,拿起简谱就能唱,且音准很好,从不跑调。但是KTV里的流行歌曲他一首也不会,他唱的全是和历史知识有关或与他的研究相辅相成的歌。比如二战的、"文化大革命"的、政治的、宗教的、各国国歌、外国情歌,甚至包括采风的酸曲之类。

我们每次散步都有一个话题,一般说来以相互讲历史为主,或者讲中国通史演绎,或者全世界十万人口以上的城市逐一在嘴上漫游。但是也有一些七七八八偏僻的题目,或者讲全世界的大河以及水库,或者讲兵器知识,或者唱外国民歌三百首——这是老知青的保留曲目,凡是插过队的人都能唱几首,但是秦晖熟知的歌曲显得更"刁钻古怪"一些。

秦晖的音域不宽,音色比较单调,但听觉记忆不错,只要兴趣高涨一口气唱几十首歌不在话下。为了不"大混战",每次我们都定一个主题。比如规定是"二战"主题,且对立阵营的歌都要唱,不能只唱一边的,唱完苏联歌曲,我一定也让他唱德国的《党卫军之歌》《我们的隆美尔》。其实就旋律来说,苏德两边的歌曲极为相似,都是慷慨激昂、鼓舞士气的进行曲,而且歌词都是以正义的化身自居，有强大的气场，绝不像20世纪五六十年代我们电影中展现的"反动派"音乐那样猥琐和阴暗。不知道的人很可能会把德国法西斯的歌误认为是苏联红军的歌曲。

有一年正月十五，我们在旷野里散步，混浊的空气使那一轮满月发出黄光，有些凄凉和惆怅。秦晖突然兴之所至唱起了词调，一剪梅、贺新郎、菩萨蛮、忆秦娥、孤雁儿、蝶恋花，一首接一首地唱下去，很好听，也符合当时的意境。有些中间歌词记不清的地方，就胡乱编排含混带过。我很感动他为我唱这些词曲，望着他想说点什么，可看他根本就没有理会我，沉浸在自我当中，就知道他不是为我唱的，而是自己想唱，就好像他突然打开了中国曲牌的记忆大门，一发不可收拾。可转念一想，能有幸成为听众也不错。

这个发癔症的老兄，不是你想让他唱什么他就能唱什么，而是他信马由缰想唱什么你就只能听什么。正月十五的鞭炮声远远传来，他一口气唱了十多首曲，被混浊的空气呛得直咳嗽，这才意犹未尽地住口，并不忘告诉我说，宋代早期的词牌大多是香艳、伤感、惆怅和悲秋的，后期才有了像"破阵子""满江红"这种大气雄壮带有阳刚气的词牌。他的知识讲解并不错，但是一下子就破坏了刚才唱词牌时的意境，真是职业病，非得把淡淡思绪和情调变成煞有介事的课堂教学，不懂情趣。

最好玩的是，有一次突然讲起在农村采风时收集的酸曲，便一口气唱了几首。有的已经被《刘三姐》采用，"蜘蛛结网三江口，水推不断是真丝（思）"；有的还保留原初状态如"想妹多、想妹多，吃饭当吃药，睡觉睡不着"；还有更"黄"的，"席子垫妹，妹垫哥……"之类。

据说他当下乡知青时被县文化局借调搞民间文艺创作，在农村收集山歌小调的时候发现全是这些"黄曲"，因为觉得不符合时代精神，再加上年纪小害羞，初次接触民间直白火辣的东西，就只把曲调记录下来而没有记录歌词。现在想想其实这也是一笔财富，虽然每个地区的民间都有类似的"酸曲"，但南北方言的差异使得曲艺的表现有所不同。

我还看了他当年用这些曲调改写的壮剧、彩调之类应景的宣传剧目，全是"文化大革命"中的宣传材料，有文献价值没有欣赏价值。我倒是对民间原始的东西兴趣更大，因为那是这些曲调可以在民间流传的原因，但可惜的是他能够记起来的已经不多了。

2011年大唱"红歌"的时候，他也唱，唱起20世纪40年代学生运动中讽刺言论管制的《茶馆小调》、骂通货膨胀的《五块钱》、骂警察的《古怪歌》《你这个坏东西》,还有《民主青年进行曲》《五月的鲜花》,很多歌都是他父亲当年搞学生运动时唱的(他父亲在1947年是桂林师院,即今天的广西师大的学生会主席,是反蒋运动中的积极分子)。他说在革命党阶段,真正的"红歌"都是抨击现实的,歌功颂德的歌曲只能叫"保皇歌曲"。

秦晖改歌词的功夫也很有趣。比如《雪山飞狐》的主题曲,他过去为了吓唬女儿不要到处乱跑,填词为一首《大妖怪》:"在马路边的高楼里住着一个大妖怪,那个妖怪他不吃别的专门吃小孩,妖怪的牙齿很锐利它的爪子很厉害,捉住小孩一口就将那小手咬下来。"以至于我们都忘记了原歌词。他记谱的能力很强,很多曲调张口就来,却往往记不住歌词,改词几乎不假思索,且每次都不一样,很少重复。

有次他看到电视上关于车臣"黑寡妇"的新闻,便随口哼起《回娘家》,把"左手一只鸡,右手一只鸭"改成"杀了一个人,放了一把火,安装了一个定时大炸弹,哎呀,怎么去见我的妈"。让人觉得可笑又可气,我们直骂他没良心。早上吃药的时候他会以《我是小海军》的调子唱:"我是个药罐子,呱呱叫的药罐子,白天也得吃,晚上也得吃,天天都吃药,将来还得死。"有时我会问他:"今天吃什么?"他套用《橄榄树》的曲调唱道:"不要问我想吃什么,面条大饼都可以,你做出什么我就吃什么,草根树皮也可以。"

如果他做错什么事被我批评,他就用《劳工神圣》的曲调唱:"被压迫的是我老公,被剥削的是我老公,世界呀我们来创造,社会呀我们来拯救,你是我老婆,我是你老公,老公、老公,应做世界主人翁!"有时我

们意见不一致,争执不下的时候,他就会将《说打就打》改唱为他命名的"革命老婆进行曲"——"嫁鸡随鸡,嫁狗随狗,嫁个猴子满山走,嫁个大灰狼,他吃兔子腿,我啃兔子头。"我说,这明明是"夫权家长进行曲"。又把《我是一个兵》改为:"我是你老公,管得比你宽,你要是不听我的话,罚你跪搓板。"

由于我们作息时间不一致,有时候他会在凌晨我睡得正香的时候,突然跑过来对着睡眼惺忪的我深情款款地唱李商隐的"相见时难别亦难",或者"才下眉头又上心头"之类的古曲,让你在睡梦中有一丝感动。待到醒来想让他接着再唱时,坐在电脑前的他脑袋就像短路了一般,接不到那根线路上了。

天下没有不想去的地方

要说秦老爹的爱好,"旅游"无疑可以排在第一位。可能他在旅游时分泌出来的多巴胺比较高,带给他快乐感。也许是童年时在地图上漫游的愿望得以实现的刺激,好像天下没有他不想去的地方。有一次有人来电话问他想不想去战乱中的缅甸,是我替他答复的,说"这个环节可以略去"。因为我知道,越乱的地方他的兴致越高。还有人问他愿不愿去南美的一些小国家,说整个旅途会很辛苦。这些困难因素压根就不在他的考虑范围,"火星他都愿意去"。我曾说,如果要问什么是秦晖的"软肋","旅游"绝对算一条。

有人说,"伴侣好找,旅伴难觅",因此日本有"成田机场分手"之说,意思是指一对情侣出国旅行,因秉性脾气、爱好情趣、生活习惯不同,一路上摩擦不断,回到成田机场就从此"拜拜"了。此话不假,如果不是报团的旅游,完全自由行的话,是很考验相互默契和应变能力的。所以电视荧屏上《爸爸去哪?》《花儿与少年》之类的"真人秀"节目很火,就是因为其意外性和戏剧性是一大看点。对我而言,秦晖算不算得上"好伴侣"另说,但绝对可以算得上一个"好旅伴"。

我女儿曾把秦老爹戏称为"天下第一导游"。他经常在出游时因迷倒一票人等而备受赞誉,即便是"当地通",也对他如此熟知当地掌故惊讶不已。他的解说加上图片,立马就可以成为一篇图文并茂的佳作。女儿曾列出与秦老爹出游的三大好处和三大劣处,我基本认同。

与秦晖一同出游的好处在于,第一,他的导游是有历史厚重感的,而且真实,绝不是旅游点上说得天花乱坠的故事可以比的。他就像考古挖掘现场一样,会按文化累积层一层层递进，讲清因果关系，讲清有文字记载不同，还有旁证和自己的看法，显现出历史学家与导游的区别。他经常能从导游附会添加的"野史故事"中听出"破绽"，加以纠正或指出逻辑漏洞。很多专业导游很怕遇上这种"较真"的学者。记得我们在美国、意大利、土耳其旅游的时候，他几乎一路纠正导游的错误，搞得人家很下不来台，就刻意回避他。可偏偏这位老兄缺少"眼力见"，又好奇心极强，有刨根问底的精神，一边纠正导游的错误，一边得了机会还要问导游，让我们这些旁观者忍俊不禁。

第二，他的讲解是有立体感的，上到自然资源的山川河流、矿产储备，下到建设开发、拆迁征地等社会问题；他的导游又是有现实感的，有人文关怀以及比较意识的，所在国家的国歌、党派政治人物无一不关心，无一不涉猎，往往还会与中国联系起来。有一次在捷克旅行途中，他介绍完捷克的风土人情之后，突然兴致大发，唱起了捷克国歌，捷克司机一手把着方向盘，另一只手伸出大拇指举得高高的以示赞许。在波兰，他和那些老团结工会人一起高唱《团结工会会歌》，一下子就拉近了彼此的距离。

第三，他的识地图能力相当于一个 GPS，只要一图在手从来都不会走错路。这可能得益于他小时候喜欢看地图的习惯，在还不太识字的时候他就爱看地图。那时候有很多竖版的书，阅读顺序和横版的不一样，所以他把黎巴嫩读成"嫩巴黎"，心想这个"巴黎"比较"嫩"，法国的"巴黎"比较"老"；把"板门店"记作"门板店"，想着那个地方一定是卖门板的；或者认错其中的字，比如把"立陶宛"读成"立瓷碗"，不一而足。这种认图习惯使得他在任何城市都可以游刃有余地行走。

如果是一行人出国旅游，外语好的人有的是，但是认路的能力我还从没见过比他更好的。他带着我穿大街过小巷，沿途还不忘顺便去几个有典故的地方，从来不走重复路，正当我怀疑他带的路是否正确的时候，往往柳暗花明又一村，不知从哪个小胡同里钻出来，住所就在眼前。我们去华沙的时候，因为二十多年前我在此住过将近两年的时间，起初他总是问我哪里有什么，路该怎么走，后来发现我这个"路盲"根本靠不住，索性按图索骥，绝对在有限的时间内达到效率最大化。

当然，秦晖的导游也不是没有短板。他的那一套不是所有人都买账的，也有很多人不喜欢，我有时就嫌他厚重有余轻松不足，知识过于密集，趣味性不足，只考虑自己不考虑他人。本来人们旅游是为了换个环境而放松的，跟着他听一天信息量太大，没有了那种悠然自得，而是紧张得像打仗一样。女儿就不理解地问道："你们这些老头老太太是出来玩的,还是出来玩命的?"每次出行回来,我都需要休整多日才能恢复元气。

好多年前他带着女儿和小侄子去历史博物馆,对着一个橱窗讲起来没完没了。小孩子哪有那个耐心,我女儿敢怒不敢言地无奈跟着,小侄子早就一溜烟跑开了。旁边倒有一个听众很喜欢他的讲解,一个橱窗不落地跟着听得过瘾,连称"高人"。后来我小侄子自己看了一遍回来说:"姑父,我已经从当代社会回来了,你怎么还在原始社会呢?"可见这种讲解多么不适合小孩子的口味。

与秦晖一同出游的三大"短处",首先,他的旅行不是享受型的,而是受苦型的,甚至是自虐型的。因为他有"旅游兴奋基因",别人不见得能够始终保持这么饱满的情绪。有一次冒着南京39—40℃的高温,他带我们去看南京大屠杀纪念馆,我们戏称,在大屠杀纪念馆的三十万人后面再加上三人,因为我们三人是"热死"的。另一次在新疆吐鲁番盆地45℃的高温下,他带我们去看戈壁古墓,我因为中暑差点没命断在古墓里。

其次,由于他的安排过于饱和,总怕某一处地方的历史古迹有遗漏,每天都累个半死。再加上他是个"照相达人",用张鸣的话说,他一路走过去,"死的、活的、半死不活的,都要一网打尽"。像我这体力好的人都吃不消，到最后疲劳感抵消了兴趣，也就兴味索然了。所以到最后，我们每每要和他分道扬镳，说宁肯在路边的咖啡馆里看行人也不跟着他乱跑了。

还有，他一般不去成熟的大众景点，而要去他认为具有历史意义的地方。在抚州，为了去看宋代思想家陆九渊的墓，一路走一路问，在当地人都不清楚的情况下，硬是在一个荒草萋萋的山坳里找到。在意大利，为了去看墨索里尼"萨洛社会共和国"的旧址花费了很多时间，而错过了大众化的经典项目。他的旅游项目里也没有购物这一条，觉得把有限的时间花在购物上不值当，更何况国外旅游点上90%的商品都是"中国制造"。而这一点也让我们觉得很不爽，我们的逻辑是"不花钱的女人还叫女人吗？"所以五天以上没有购物环节我们就会"罢工"，拒绝与他同行。当然我们所谓的"购物"，无非也就是在商店里看看。

"卡片不出门，寸纸不乱丢"

秦老爹的作息时间之混乱，就像没有生物钟的人一样。经常是我起来的时候他躺下，他起来了我却按照正常作息该睡觉了。在很久一段时间里，我们的居所人均居住面积只有几平方米，因为书多，就更显得凌乱不堪。我们开玩笑说，干脆把双人床换成单人床得了，反正是轮流睡觉，一张单人床足矣，还能节省些地方。即便秦晖正常作息，他经常也会睡到半夜穿着裤衩背心消失一会儿，就像梦游一样，再悄无声息地躺下。你问他干吗去了？他说：我写了几行字。久而久之，家里到处都是随手涂写了几行字的纸头。他也会在卫生间里大叫："送一支笔来！"我们干脆就在厕所里搁上卡片和笔，以便于谁想起什么来，拿着也顺手。

秦晖就像明太祖订立"片板不下海，寸货不入番"的规则一样，给我们规定"卡片不出门，寸纸不乱丢"，以防我们把他随手记下来的灵感当垃圾扫地出门。结果家里像个废品收购站。他的桌子凌乱无比，遍布灰尘，即便如此，是不许整理的。他自己就夹在连胳膊都伸展不开的窄窄的一溜空间里写东西。

我们现在的住所不算太差劲，但是架不住秦晖不断往里塞东西，家里的书已经到了要"流"出去的地步。摆在门口的废旧报纸堆经常会垮下来，以致从外面回来连门都推不开。赶上我们俩连续有课的日子，家里就到了要什么找不到什么的地步。我最窝火时常说的一句话是："我们这一辈子最大的浪费就是三分之一的时间都拿来找东西了。"

这时候我就特别想让他出差几天，赶快归置一下，虽说杂乱的环境得不到彻底的整治，起码能让我心静下来。否则他的"乱"就会导致我的"躁"，特别容易起无名火。每次他刚一出差，我立马进行"大扫荡"式的清理工作，从桌子上和床上能清扫出半簸箕的废纸垃圾——当然他的那些卡片是不能丢掉的，只能往起撂一撂。等到擦干净桌子、清理出一些地方的时候，我总会长出一口气，有一种找回自我的感觉。我知道等他回来但凡找不着什么又该大喊大叫了，说每一个纸头都有特殊的用处。

秦晖并不高产，写作速度一点也不快，在网上大量查阅就不说了，在家里翻书每次都弄得像抄家一样，案头和床上堆得像小山。他所需要的空间是他身体的数倍，有多大地儿就能占多大地儿，写文章铺的摊子大，经常是满床满桌的资料文献，搞得他自己没处睡觉、别人无处下脚，把他的"存在感"尽可能地扩散至任何地方。

再加上他是大脑好、小脑不好的人，动作明显不协调，不能从事体育不说，也会影响到写作。很多想法在脑子里十分成熟，只欠落实到纸面上，但这个过程往往滞后得不行，甚至超过构思过程，为此不知得罪了多少编辑朋友。答应人家的文章倒也不是虚晃一枪，应该说呼之欲出，但落实起来比较困难，答应了不算数的情况经常出现。

秦晖的扩展能力很强，且习惯于自学，从来没有个学科边际，想到哪学到哪、关注到哪。这是与科班出身的人最大的区别，不老实待在专业"围墙"里种自己的"一亩三分地"，溜达溜达就窜进了"别人家的园子"。因为"问题意识"特别广泛，常常是写着这个话题，又有了另一个关注点，这种"拓展方式"也是文章难以按时完成的一个原因。

可以说他一直都在学习，他的"通"使得他能够自如地跨越时空，穿梭在各个断代的世界历史中。但是负面结果经常是把编辑的耐心"透支"光了文章还不见出手,一拖再拖。这时候我就想起他们小学同学讲过,他们的班主任语文老师不喜欢他,因为他经常不按时交作文。他自己说,倒不是没有写,而是每次越写越长,收不了尾。这个毛病到现在也没有改掉,作为编辑的女儿屡次约稿被"闪",气得她说,"有时候真想把这种作者给杀了"。我想每一个向他约过稿、催过稿的编辑都有过苦恼的记忆。

秦晖的电脑经常坏,其频率之高超过一般人数倍,周围的熟人、朋友、朋友的朋友、学生、亲属、同事,凡是稍微懂电脑的,都为他修过电脑,几乎可以说能烦的人都烦遍了。电脑对秦晖来说比什么都重要,一旦电脑出了问题整个人就立马"毛"起来,完全处在不正常的状态,不停地打电话到处求救,走马灯一般请人来帮他。这种时候他就好像一个一点就炸的火药桶,我们娘儿俩都知趣地躲得远远的,知道此时惹他是自讨苦吃、自触霉头。而若有哪位精通电脑的编辑帮他一把,他当即肯定最好说话,绝对有求必应。

"拖沓天王"与"半部书稿"

秦老爹是哪吒的爹——"拖沓(托塔)李天王"。

他很少有按时交稿的时候，不仅如此，还有许多"半部书稿"躺在书架上和电脑里。这些"半部书稿"是怎么来的呢？

在兰大读研究生的时候，我们各忙各的论文，时间全由自己掌握。两人埋头在各自的专业里，恨不能把十年的欠账全补上。成家以后我们在陕西师大工作，与当学生时的模式变化不大，在课堂与食堂之间出入。曾有同学问我对婚姻的体验，我说，就是把宿舍里的女生换成了男生。

巨大的变化是在有了孩子之后。一个孩子让我搭进去全部的时间还忙得团团转，即便在孩子上了幼儿园之后，我的时间也是零敲碎打的，很少有整块时间坐下来。记得有一年"三八节"，女教师们在一起座谈，我最大的感触是"时间都去哪里了？"每到假期只要可能的话，我们就让女儿去姥姥奶奶家里轮流住一阵子。

虽然我自己从不敢懈怠，但评职称的时候系领导说："名额有限，你们家里先上一个，你们自己排序吧。"我回应道："排课的时候咋不说这句话呢？"只能让秦晖排在前面，他所谓的"科研成果"比我多。我当然感到不公有抱怨，但女人需要承担更多的家务是不争的事实。

1986年"中国农战史学会"要在烟台召开年会，

一放暑假秦晖就拉开架势准备写一篇大论文。他的写作欲望很强烈，没有一般人进入状态前的"预热"阶段。那时候课程重、孩子小，我们还要参加高考阅卷，一年当中想写点东西全指望暑假了，我也早早计划如何利用假期出点成果。我先去参加高考阅卷，说好他在家里一边照看孩子一边写论文，不料女儿大哭大闹"要妈妈不要爸爸"，弄得秦晖狼狈不堪。用他自己的话说，在家看孩子比上课和农忙双抢叠加起来还要累。我们俩只好调换一下，搞得评卷组负责的老师还颇有意见，因为封闭式阅卷不到万不得已不能中途换人。

阅卷完毕秦晖郑重声明，假期先保证他，等他论文写完再顾及我。也就是说，以他为重点，我打杂做饭管孩子，此外能写点什么自个看着办。可是每天忙完了家务，我虽然心心念念地告诫自己，略微小憩一下，等头脑清醒了半夜爬起来"干活"，可往往"小憩"总会变成"大梦不觉"，等我爬起来的时候，新一天的杂事又接踵而来。

我很不甘心这样，试图与秦老爹互换角色，吵吵闹闹无果，最后只能作罢。想想两个人当中总要有人退让，家务事没个头，如果非要和他抢时间，不但谁都半半拉拉写不好，还弄得心情乱糟糟。所以我一边收集资料一边把他作为"重点保护对象"，一日三餐虽不可口但按时奉上，茶续上，擦汗的毛巾递上，希望他早日完成手里的活，念在我"没有功劳也有苦劳"的份上心生怜悯，照顾到我也有一摊子等待完成的任务。

一个夏天眼巴巴看着他越写越长，丝毫没有要收尾的意思，我总在问："秦晖你什么时候画句号啊？"他都会说："马上，马上。"他的"马上"绝不是"很快、立即"的意思，有时是三五天，有时是一周，甚至也可能是十天半个月。这个"马上"的言外之意是"你不要干扰我"。最后到会议前夕，这个"磨叽大王""拖沓斯基"写出了八万字的半部《孙可望评传》，拿着厚厚的半部书稿去开会了，而我只能收拾起铺开的卡片、资料，准备新学年上课了。

第一次这样，我还想也许是个例外。等到第二年、第三年夏天，他故伎重演，写出了半部《古代社会形态学》和半部《大西军治滇》，而我依旧零零散散地"敲边鼓"，不能说颗粒无收但距离期望值太远。从那以后我就明白了，只要时间允许，秦老爹是可以一直写下去的，任何原先只打算写论文的都能写成半部书。能写多少，取决于有没有他认为更重要的事情插进来，至于我的计划是不在考虑之内的。多少个夏天，除了旅游以外，积累下来有不少个半部了，而这些半截子工程只要一放下，续完下半部几无可能，只要他兴趣转移了，这个茬再续上比另起炉灶更难。

当然必须承认，完成书稿也不少，其中有一部书稿还是我力促完成的——《政府与企业之外的现代化：中西公益事业史比较研究》。1998年，当时我们刚刚装修完一套房子，里面除了床和桌子什么也没有，小区周围的生活配套还没有跟上。他一个人拿了一床被子、一个茶杯、一个碗在新家写书，憋着劲说，这次是一个猛子扎下去，完成了书稿再回来。

写到一半的时候，他跑回家来说写不完了。一来是有一些"人情文账"要还，二来需要经常回来查资料，

而且眼睛也有些疲劳。我告诉他，眼睛的问题可以量力而行，"人情文账"方面的杂事可以回绝掉以后再还，反正不是十分要紧的事，"谁家少了秦屠夫照样不吃连毛猪"。至于所需资料，确定要用都可以带过去，临时要用的可以打公用电话通知我（那时候新家还没有装电话），我帮忙解决。就这样把他堵回去了。

有一天他想核查《明夷待访录》《东华录》和一些方志里面的资料。这几本书我在书架上见过，感觉找起来应该不难，结果不知道他看过以后随手放在哪里了，家里书多地方小，我几乎翻了大半夜。搬书时还把指甲盖给劈了，终于找到了他要的资料。

新家门口有一家河南烩面馆，五元钱一碗，他连续二十几天吃了差不多同样的饭菜。我有时候会去送一些水果、牛奶之类的物品。封闭写作还是有效果的，截稿日期我去看他，他交出一摞手稿，让我到邮局去寄。等我回来时他已经鼾声如雷了，看来连续作战确实累坏了。那时候也就仗着"小伙子睡凉炕——全凭火力壮"，现在不敢这么连轴转了。

他写作时注意力高度集中，有时候吃饭也不出来，我就把饭搁在他书桌前，过两三个小时再取回空碗。每每这时我就调侃说，感觉我像《红岩》里的华子良给许云峰送饭，拿着空碗出来就是告诉同志们"老许还活着"。老跟他打交道的编辑问我:"怎样能保证秦老师按时交稿?"我说,他的最佳写作模式就是在书房门上开一个窗口,把手机没收了,定时把饭菜递进去,保准高效。

几乎每个夏天秦晖都会另起一个头,就这样积累下来好几个半部书稿。假如有谁愿意把他这些半拉子书稿结集出版,书名我都想好了,就叫《半部书》。

所以双职工家庭的女教师们,千万别相信什么"先保证我后保证你"之类的鬼话,因为这个"先"是遥遥无期的。孩子小时候,秦老爹说孩子太小,当爹的智慧发挥不出来,三五岁以后他来带,五岁以后又说上小学以后他管,后来又推到上中学以后、高中以后……有一段时间秦晖去出差,女儿去军训,父女俩有一两个月没见面。当晒得黑黢黢的女儿穿着迷彩背心、背着背包拉门进来时,秦老爹竟然伸手挡住说:"你怎么随便就能进来,我们家没有要卖的报纸。"他把女儿当作收废品的了,什么眼神!

当然我不能昧着良心说秦老爹没出过力。他教孩子弹钢琴,教孩子数学。冬天骑自行车带孩子看病,车轱辘别在冰冻的车辙里,连他带女儿摔出去好远,幸亏没有骨折。在儿童医院给孩子取药,衣服扣子都挤掉了。尤其是我到国外做访问学者那两年,他又当爹又当妈着实不易。就像他信中给我说的:"带孩子感觉每天忙忙碌碌,甚至疲惫不堪,但是细想又好像什么事都没干。"这也许就是我在家时的真实写照。

另外公平些说,秦晖在业务上帮我很多。帮我翻译英语、日语资料和改稿子不说,还经常与我讨论苏联、东欧史的研究课题,甚至有的章节就是他写的。在我们的组合中,我承担家务事多,他在专业领域花费的心血大。我们应该说是"互补型"的吧。

索尔仁尼琴的妻子阿丽亚曾说:"我有幸在索公写作的某个阶段,像一匹拉边套的马在他身边帮他。"这种组合模式不适合我和秦晖,我有自己的小车要拉,他认为我这个拉车人太固执,太有自己的想法。我这个"第二小提琴手"有时又会妨碍到他的工作,与其这样,还不如各拉各的车,各忙各的专业,但不时可以相互参照或鼓励一下。这种组合模式一方面是情感的"黏合剂",一方面也是一种事业上的互补,如同彼此作为依靠的支点。

但是秦老爹对我们这种工作组合也还是有抱怨的。由于我有时对自己文字表达的准确性信心不足,而他的特点是细致准确,在文字上不太出错,所以我的很多文章最后都要他过一下手。他对我从来都是连挖苦带损,说:"你有思想没文字,还不如有文字无思想呢。

你应该回去上小学,看你的文字我会血压升高,不知你是俄文差还是中文差。你这种有思想而文字功底差的更糟糕,老让我做小学老师的工作,结果我的思想也耽误了。你产出越多,我就被废得越厉害,所以你最好还是手慢一点。"其实我并不太喜欢他太学究气的论文腔,还是有一票人喜欢我的明快轻松文字的。

"秦老爹"在农村过大年

饿

秦老爹是69届初中毕业生,也就是说1966年"文化大革命"开始时,他们刚小学毕业进入中学,当时就"停课闹革命"了。而广西"文化大革命"又特别火爆,两派之间武斗的场面如同一场内战一样。初中三年几乎全部是在"文化大革命"的炮火中度过的,同学若不是从小学就认识,又不是同一派的"战友",往往就连面都没见过。说起来,他的同龄人中都没有"同学"的概念,只有"插友"。插队的友谊几乎维系了他们的一生,也算是时代特色吧。

初到农村,秦老爹的感觉就是胃口出奇的好,看什么都有食欲。头一年由于没有知青点,他就在房东家搭伙吃饭。到了房东家,一来为响应党的号召向贫下中农学习,二来也是人生地不熟、语言不通,他不但分外勤快,担水劈柴,还把自己的日常生活用品贡献给房东一家共同使用。但不知什么缘故,那家人不太喜欢他,特别是每到吃饭的时候,房东家不会说汉语的老太太总是盯着他的嘴和碗看,还嘟嘟囔囔说些什么,让他丈二和尚摸不着头脑。

直到那年冬天,青壮劳力都集中去修田西公路,工地上的口粮标准是每人每餐七两米,他这才发现七两米显得好少。盛在碗里呼噜一下就没有了,肚子里还没有任何进食的感觉,遂恍然大悟——在房东家可能是严重吃超了,他这个"吃死老子的半大小子"实际上是在多吃着房东一家的口粮。

那个时候农村下饭的佐料是自制的辣椒酱,但他从来都克制自己浅尝则已,要不然十天的口粮不够一天吃的。后来有一次生产队让他们去挑炸药,分给他们三天的口粮,结果他们像猪八戒吃西瓜一样没忍住,索性豁出去把三天的口粮一顿吃光,闻着农民工在工棚外煮早稻米饭(现在一般没人爱吃)的香味,馋得连书都看不下去了。

高强度的重体力劳动使他们这些正在长身体的人始终处于半饥饿状态。好在田林地区山清水秀、物产丰富,只要想办法,总还是可以吃到各种各样的"山珍海味"。水库清淤时是全村的大节日,因为意味着大家有鱼吃了。上游筑坝,下游张网,水排空后所有的水生物一网打尽:大鱼、小鱼、泥鳅、乌龟、螃蟹、沙虫,一律都能进嘴。那两天全村都弥漫在鱼腥味里。

天上飞的"吃食"则是蝗虫、马蜂,人们在干活的时候身上挎个小篓,随手抓到蚂蚱拧掉翅膀扔在篓里,回来后在火塘里煨熟了吃,据说可香了,就像城里人吃巧克力一样。吃马蜂主要是吃蜂蛹,只是捅蜂窝的方法不太环保,通常是晚上在蜂窝旁点上一堆火,然后往蜂窝里扑六六

粉，成虫中毒后冲出来被火烧死，他们就可以放心地享用蜂窝里的幼虫、蛹和蜂王了。当被问及蜂蛹的味道如何，秦老爹咂巴着嘴说："好吃，就是有毒。"

地上跑的美食种类就多了，有黄猄、野猪等。上山打黄猄和野猪要先设下兽夹，当地的老乡会隔几天上山看一次。如果去晚了，捕到的猎物死了就会腐烂变臭，即便那样他们也舍不得丢，吃过好几次变质的野猪肉。

杀年猪

总的来说，那时农村一般只在过年的时候才有鲜肉吃，平时很少吃肉，所以过年杀猪是全村人的一件大事，也是过年的象征。在公社时代，农民对所谓的革命化春节一点兴趣也没有，最热闹的就是杀猪了。杀猪大概是在腊月廿四至廿六这三天进行，全村的强壮劳动力都行动起来，知青们也加入其中。

天还没有亮，村民们就组成一个杀猪队，从村子最上头开始，一家一家挨着杀年猪。一大帮人去猪圈里抓猪，有时候猪跳出围栏，大家就满村子捉猪，捉住以后再捆绑了抬回去。小孩们都跑来看热闹，猪的惨叫声响彻整个村子，但这也就意味着"年"的来临。

并不是每家都可以杀猪的，而是要有条件的，必须完成生猪派购任务，得到生产队允许方能杀猪。如果没有完成生猪派购任务，杀猪就属于违法，罪名是破坏统购统销，要上批斗会的。队里每年都有些农户完不成任务而不能杀猪，对这些人家来说，这个年将过得惨淡无比，而且意味着他们今后一年都没有肉吃。农民因为现金收入极少，一般是不可能去买肉吃的。

杀完猪以后，主人就把猪血和下水煮一大锅招待出力的人。当时不像现在，农村几乎没有任何佐料，他们用李子的果汁当醋。农村不吃酱油，供销社里也没有卖的，有的知青从家里拿些固体酱油，其实也不是黄豆做的，而是焦糖。但是对于那群长期处于饥饿状态的小伙子们来说，什么都好吃，在工地上就连白水煮板油都被视为美味。白水煮下水，再蘸点盐，在他们眼中就很有过年的氛围了，有的人甚至从几天前就开始期待这一天。但是因为平时肚子里没有油水，一下子吃这么多荤腥肠胃受不了，也会闹肚子。

下水用来招待帮忙的人，而自家在这一两天里可以吃到一年中唯一一次鲜肉，以后只能吃腊肉了。家家户户都去洗猪肠子，整个村子的溪流都散发着一股腥味，家家的屋顶上、灶台旁都晾着腊肉——猪肉是要吃一年的，要腌制起来。

知青养猪的话也是在这两天杀猪，也是请村里的人来帮忙，也按照规矩煮一锅下水请大家吃。但他们养猪的水平不高，基本上是散养、放养，平时不管猪，任其像野猪一样在山上跑，只有在育肥的时候圈养起来。当时养猪的标准和现在不同，农户衡量猪的好坏，只看膘有多厚，夸奖一头猪的好坏，都说它有几指膘。如果只有两指膘，那就算不成功的。在农村集市中也只有膘厚的猪肉才能卖出价钱来。瘦肉最便宜，肥肉贵一些，猪板油最贵。

对秦老爹他们这群小伙伴儿来说，杀鸡甚至比杀猪更为隆重，意味着有鲜肉吃了。一般一年养一头猪、一群鸡，但是三天两头会有鸡瘟，可能一下子死掉几十只鸡，死鸡不舍得扔，就一连好些天吃瘟鸡。而平时要想吃到鲜猪肉，除非打到野猪。

腊月廿六杀完猪，腊月廿八、廿九一般农户家里要炸油果、做糍粑、做年饭。但是知青不太做糍粑，因为农村做糍粑首先要用石臼把糯米打融，一群毛头小伙子常年吃不饱饭，糯米本身就很好吃，费么大劲做糍粑大可不必，还不如干脆蒸糯米饭吃呢。实在馋的话，圩场上有卖荞麦粑粑的。

火烧连营

这个村子共分配了三男三女六名知青,他们一来,好事的老乡就给他们都配了对,殊不知这些青涩的毛头小子和女生连话都不讲。秦老爹他们在房东家过渡了一年后,生产队给他们盖了知青点。1971年春节前,他们搬进新盖的散发着泥土和草香的"自己的家",一间大草屋顶棚是连通的,中间打了道围墙,三男三女各居一半。过年前三个女生回家去了,只剩三个男生留在农村过革命化的春节。

因为有一些现金分红,秦老爹买了几尺布,准备给自己添置一件耐磨的衣服,这是第一年享受自己的劳动所得。他们想用分下来的粮食好好犒劳一下自己,还特意劳神费力笨手笨脚地包了些粽子。过了一年寡油少肉的清苦日子,看着分到手一年的菜油,他们都在想,不管以后的日子如何,哪怕"有了一顿,没了抱棍",也要先吃它个嘴香肚圆再说。这三位男知青准备自己制作一次油炸食品,但因为以往从未经历过这种奢侈的烹饪实践,所以他们不知道该怎样操作,只记得见别人炸东西时油会翻滚、会滋啦啦地响。

于是他们就在大锅里倒了好多油拼命地烧火,纳闷为什么油老不翻滚、老不响，不懂得食物不进锅油是不会响的。他们认为一定是油温不够，就不停地往锅底添柴。这时候油开始冒烟了，秦老爹还假充内行地说，我们生产队压榨的这个油不太纯，所以它会冒烟的。话还没说完油锅"腾"一下蹿出火苗来，三个傻小子还没有意识到问题的严重性，也没有想到要去叫人，一时慌了神也不知道撤火，只考虑怎样把油锅给搬出来。但是油太多、锅太烫，实在无处下手。

他们的火塘上，照村里习惯也挂个吊篮，烤些不太干的谷子、玉米什么的，做好的腊肉也挂在上面。油锅起火就烧着了这吊篮，罗克（秦老爹从保育院到插队时的好朋友）端了一盆水就去泼吊篮。事后他们解释说，知道这个时候不能用水去泼油，但是没想到也不能泼上面的东西。这一盆水泼上去，哗啦一声全落在锅里，沸腾的油一下子就炸开来了。燃烧着的油流到哪里烧到哪里，吊篮上着的火也蹿上了茅草屋的房顶，他们三人没见过这阵势，全傻了。

这时候老乡们已经发现，纷纷冲上来救火、抢东西，他们也就跟着乡亲们赶快扔东西拆房顶，否则"城门失火殃及池鱼"，火势顺着屋顶烧过去，女生那边也难保了。但是为时已晚，大火很快就把新盖的知青点吞没了，女生那边也烧光了，只剩手快的老乡扔出来一些锅碗瓢勺、书籍、衣服之类的得以幸存。结果他们只好灰头土脸又回到房东家暂歇了一宿。

第二天去知青点的废墟里清理，发现他们的猪躲在废墟里呼噜噜地叫着，一群鸡也在，便欣慰地说："好在我们一家人都还全乎。"原来失火的时候有老乡把猪圈给拆掉了，他们养的猪和鸡就满村子跑，现在认家的家畜又回到火烧过的废墟中。他们从废墟中清理出来烧得半焦的粽子、烧黑的肉、烧成片的布。因为在救火过程中七手八脚又是水又是泥，以至于烧焦的粮食里面什么都有——沙子、泥土、石头，甚至秦老爹当卫生员时的一罐针灸用针也散落在其中，有一次煮饭时还从锅里捞出一枚。后来他们一连吃了大半年这种焦不焦、煳不煳的粮食。

最可笑的是"火烧连营"两个礼拜后，他们在对面的山坡上干活，看见三个女生从公路上走回知青点，见到烧焦的一片废墟傻在那儿了，不知该往何处去。他们哭笑不得，赶紧下山向女生道歉，从此也打破了男女之间不说话的僵局。

自行车的故事

生活中有些东西是存储着我们的记忆的，比如自行车。我想我们这个年龄段的人，自行车都曾经在生活中占有重要的地位，既是交通工具又是娱乐工具。这些用品是和我们的生活背景分不开的，是有时代烙印的。

1965年我们家被下放到甘肃的时候，发现那里的自行车不要工业券，于是父母商议了一下，购置了家里除手表以外的第一个"大件"——"飞鸽"加重自行车。原本是为解决大人的交通问题，没承想立刻成为我们喜爱的"玩物"，与一帮大大小小的孩子欢呼雀跃着去学骑车。那年哥哥十三岁，我十一岁，弟弟九岁。

我们住所不远处有生产队的打谷场，中间堆着麦秸。哥哥胆大，很快不用人扶就能扭扭歪歪地围着场院转圈了，我和弟弟则胆小一些。后来哥哥信誓旦旦答应在后面保护，我在他保驾护航之下，刚刚感觉顺溜一些，突然听到他的声音从另一个方向传来，扭头一看身后根本没人，心里一慌车把乱扭，重重地摔了一个大跟头，膝盖都磕破了。哥哥对我说："其实你自己完全可以骑了，就是胆子小不自信，你要是感觉快摔了，就冲到麦秸上去，有麦秸垫底，人和车就都没事。"很快我平衡就掌握得不错了，但不会上下，因为个子小、车座高，我只能跨在横梁上，或者一条腿在横梁下"掏"着骑。

学会上下车以后我就上路了，结果是在闯祸和撞人中才逐渐知道了一些骑车的常识。例如第一次在街上骑车不知道上下道，差点和迎面来的一辆吉普车撞个满怀，车窗里的人大喝一声："小孩！知不知道上下道，就这么乱骑车！？"我这才注意到道路是有上行和下行之分的。还有一次转弯的时候，不懂得一手握把一手要向后面的人打手势示意，被后面的车猛怼了一下，把我的胳膊剐蹭了一大块皮，我哭咧咧地被人领到卫生所涂了红药水。再有一次跟着一帮年龄大些的孩子在公路上呼啸，但是不会用闸刹车。从一个大斜坡上冲下来时速度太快，等在前面的哥哥看到后不停大喊："刹闸！刹闸！"发现我不明白，只好指挥我冲到路旁的玉米地里啃了一嘴泥。

从此自行车便在我们的生活里发挥重要作用。当时自行车还是稀罕物，一条巷子里只有几家有，而一家有几辆的闻所未闻。如果一家几口要一起骑车外出,就需要借别家的车。

我第一次骑车远征是跟着哥哥和一帮男孩子去几十里外的农场采杏。那里出产一种"李广杏",个头不大,糖分很高,而且杏核是甜的,无论晒杏干还是做杏酱都是上乘佳品。但是那里的杏既不论斤称也不按个卖,而是按树卖。大树一棵三至四元,树上的杏就是你的了;小一点的树只要二至三元,但要自己上树摘杏。

我们带了两个面口袋,起大早骑了四十里路,买了一棵大树。哥哥和男孩子们上树摘杏,我在下面边吃边捡,过足了嘴瘾。实在够不着的高枝,就可劲摇晃树枝把杏儿摇下来。那一年是当地杏树的"大年",果实格外繁盛,我们足足装了两面袋子也盛不下。哥哥便把长裤脱了,裤脚打个结就是一个"人字形"的布袋。回去时他骑我们家的车,前面驮着裤子口袋,后面捆着一个面口袋;我则骑一辆借来的车,载着另一口袋杏。路上因为上坡和负重格外吃力,回到家我的大腿内侧都磨破了。

第二次骑远路是在插队的时候。那次我骑车到四十里外的生产队,因想着车子不能老搁在村里,就邀约同伴们和我一起骑车回县城。但是那天淅淅沥沥的小雨不停,一直等到傍晚还没有放晴的意思。男生们故意激我，打赌说要是我一个人敢骑回去就输给我一天的工分。我也是一时逞能，说一天的工分不值，两天的工分就赌。他们指着在屋檐下翘起一只脚躲雨的鸡说，估计你到不了公社就像这只落汤鸡了。

我帅气地一甩头发说，你们不敢的我未必不敢！就骑车出发了。结果刚出村我就后悔了，因为雨越下越大，而且在山上看着天还亮，下了山天色马上就暗下来。从村子到公路还有十里"摸黑路"，菜子河也上涨不少。可我要是现在退回去，多没面子啊！我是知青小组组长，如果这一次"认输服软"，以后男生会瞧不起我。我心里明白，是走是留都不能犹豫，否则等到天色更暗河水暴涨，就是想走也走不了了，于是只有硬着头皮前行。

我扛着车艰难地蹚过已经及膝的菜子河，浑身都湿透了。上了公路连个躲雨的地方都没有，只能顶着风雨使劲快蹬，一路上自己给自己壮胆打气。好在没多久雨停了，风吹散的云彩中还露出半拉月牙。路上经过的大卡车时不时溅我一身水，甚至还有司机伸出头来吆喝："嗨！要不要搭你一段？"我都没理睬。中途车链子掉下来，惊得我一身冷汗，好在毛病不大，我把链条推上去后继续骑行。直到夜里十二点钟才回到家，把家里大人吓坏了，以为我冒雨赶回来一定是出了什么事。

第三天我回到生产队，大家见我毫发未损，都说我那天太冒险，半夜上游发洪水，把前面村子一头牛都冲出去好远。生产队长说："以后不能打这种赌了，是命要紧还是工分重要？你要是晚走半个时辰，没准就回不来了。"但是不管怎么说，我在男生面前还是很扬眉吐气了一阵子。

曾经买自行车就和现在买汽车差不多，还要上牌照呢。研究生毕业以后，我和秦晖在陕西师大工作，在女儿几个月大的时候，突然被告知小保姆不来了，弄得我措手不及。马上开学在即，我有一门新课还没备完，秦晖当时又在乡下搞函授，我只能把孩子像缠粽子一样绑在自行车的横梁上送到她姥姥家，让妈妈帮助想想办法。

平时从小寨十字路口过，骑自行车前后带人，交警一般都不管。偏偏那天可能是一个刚刚上岗的小交警，特别认真，招招手拦住了我，我连忙解释。大概小交警的穿着和秦晖有些相似，刚会叫"爸爸妈妈"的女儿冲着他奶声奶气地喊了一声"爸爸"，弄得小伙子一个大红脸，摆手叫我们走人。我告诉女儿，虽然穿的衣服像，但这个人不是爸爸，不可以乱叫的。

以后每次回孩子姥姥家，因为坐公交车两头都要走，还是骑车方便，我都是前面横梁上带着女儿，车筐里装着给秦晖的晚饭，后面带着女儿的衣服和杂物。

我被教委安排公派去苏联期间，把孩子送到南宁奶奶家里照看，一年后再见到女儿，她和我生疏了许多，怯生生地不好意思叫"妈妈"。为了尽快恢复母女感情，我让她跨在后座上，骑车带她去大雁塔游玩。快到大雁塔的时候，突然感觉车轮转不动了，我还使劲蹬了一脚，只听到女儿一声惨叫。我赶忙跳下车，只见她右脚卷进车轮子里，已经被旋转的辐条刮掉了一层皮肉，血肉模糊。我赶紧用衣服裹住她的脚，背着她飞奔至附近的医院，气门芯钢帽把她的脚踝骨处还撞出一个洞，流了很多血。我看着她小脸腊黄哭得有气无力的样子，又心疼又后悔。结果整个假期她都裹着纱布，跛着脚一颠一颠地走，脚上至今仍留有一道疤痕。

秦晖眼睛不好，缺乏平衡感，体育是弱项，一直不会骑车，在校园里来回换教室上课很不方便，经常是我骑车他小跑跟着。有一次去陕西省博物馆回来，看他实在跟不上，我就说我带着你走吧。殊不知秦晖不会在走动中上车，我车子移动他一屁股没坐稳，摔了个四仰八叉。路边的人看我人小车小，带着个大男人，说你们俩应该换过来，他带你就没问题了。我一边笑一边扶秦晖起来，跟他说你一定要学会骑车。

晚上在灯光球场，女儿骑小车，我扶着他骑大车。

刚开始他掌握不好方向，扭来扭去，好在他腿长能用双脚撑地。两个晚上他就能自己骑行了，但是始终学不会上下车，秦晖说不学了，跨上去能走就行，双脚着地就停，拿鞋底当刹车。第三天他便骑着自行车去上课，看见前面都是学生，大老远就喊："让开点，让开点！"同学们都知道他不会骑车，看见他摇摇晃晃过来，帮他稳住车头让他下来，就这样跌跌撞撞完成了首骑。

自行车的故事

秦晖会骑车的确方便了很多，到底两轱辘强于两条腿。但是他骑车也会走神，刚开始那两年磕磕碰碰的事不少。有一次前一天下大雨，路上到处都是积水，我要带着孩子回娘家，就让他推车把我们娘儿俩送到大路上。只见他一路上心不在焉，走到一水洼旁，突然把手里的东西放在泥泞的路上，说你们自己走吧，我要回去记一张卡片，连商量的余地都没有，扭头就走。我知道他在发癔症状态下，魂儿根本就没在当下，跟他叽歪也没用，只好挽起裤腿抱起孩子负重蹚水过去。回到家跟妈妈抱怨说，这种人连农村赶着毛驴送媳妇回娘家的毛脚女婿都不如。我妈说，你自己选的人，缺点优点都要接受嘛。

20世纪90年代工作调动到了北京，单位分给我一套房子，却被单位领导的女儿给调换了。我们住在位于魏公村的一个杂居楼里，那是一栋建于70年代没有电梯的板楼。我们住在顶层，雨天房子漏雨，夏天闷热无比，冬天供暖跟不上，而且治安不太好。

当时的单位福利主要体现在发实物上，一会儿是十斤大米，下个月又是两箱饮料，靠换挤公共汽车搬运还真不方便。有一回单位发了五斤鸡蛋，放了好几天都没有拿回去，于是我下决心买了一辆红色的轻便女式车。怕碰破鸡蛋，还专门买了一个钢丝网编的鸡蛋筐，用纱巾绑住，挂在车把上，一路穿小巷抄近路潇潇洒洒骑回家，锁了车把五斤鸡蛋送上六楼。

忙着做完晚饭后才想起应该把车推到楼下的车棚里，可是下楼一看，哪里还有小红车的踪影！太神奇了，刚刚买了一天的车就没了，相当于我四分之一的工资呢！我气得七窍生烟，把附近几个楼区都跑遍了，也不见我那还没有撕下包装纸的新车。回去生了一晚上闷气，想着这五斤鸡蛋可值老鼻子钱了。

我赌气说再不买车了，但是毕竟不方便，隔了一段时间后就又买了一辆，每次用完都赶快推到居委会旁的大棚里。有一次单位的降暑福利是两箱啤酒，我顶着三十几度的高温，红头涨脸把啤酒捆在后座上骑车带回家，刚到楼下就听见秦晖与别人说话的大嗓门。我扯着嗓子叫他下来帮我，就是没人应。

我只好先把东西放下，然后去车棚存了车，再端着两箱啤酒气喘吁吁一口气上了六楼，心里的火气别提多大了。因为手里端着箱子，我"咣"地一脚把门踹开，冲着秦晖嚷嚷："干什么呢？明明在家，喊破了嗓子都不应！"

只见两个年轻女记者正在采访秦晖。我知道自己失态了，连忙躲进里屋无颜出来打招呼。人家见气氛不对急忙告辞退去。秦晖说："你这个'山东响马'的火爆脾气要改一改了。"我小声嘟囔道:"做了这么多事,不就是有个'发脾气优先权'吗?"但心想这下秦晖老婆的恶名在外了。后来再见到那两位记者我仍然觉得不好意思。

虽然这么小心,丢车的事还是时有发生。因为家里太拥挤,我把女儿的宽轱辘小车和两箱成套的连环画用铁链子绑在楼梯上,一天晚上下班回来,只见铰断的链

子散落在地，其他东西已不见踪影。因为丢车频繁，我们就在二手车市场上买车。我们也知道其中有些就是小偷销赃的车，正是我们的购买才助长了盗车行径，只好自我调侃说，我们既是丢车的受害者也是盗车的帮凶。在北京我们前前后后一共丢了七八辆车。

最可笑的是，有一次秦晖买了一辆八成新的男式车，第二天和他的表弟在一起吃饭，表弟一看说："你怎么骑着我的车？这是我前两天刚丢的。"并且指出什么地方有记号。我们大笑起来，怎么这么赶巧，表哥买了表弟的车，这叫什么事啊！

直到现在，只要是五公里以内，秦老爹都会骑车往返。如果车子报废了，待暑假学生毕业季我们会让学生帮忙在校园网上买二手车。即便"共享单车"遍地，但因为"共享单车"不能进小区，自行车仍然是我们的交通工具。

东欧见闻

伸向东欧的"潜望镜"

我的"东欧研究"始于1990年去波兰做访问学者,这是我个人学术历程的一个转变,有必要做一番交代。我原本是搞俄苏历史研究的,主要关注点在沙俄时期,由于教学和办杂志的工作需要,研究向苏联时期有所延伸与拓展。在改革时代对当代俄罗斯有了兴趣,也更关心这个体制"从何处来"。

赴波期间我是带着原来国内研究的进修提纲去的,想继续以往我所关注的俄国农村公社以及俄波农村比较研究的课题。然而1989年东欧继政治转型之后又发生了令人眼花缭乱的经济转轨过程,在波期间更发生了苏联解体,世人关注的重点已经不是这种体制"从何处来",而是它剧变后"向何处去"的问题,也就是转轨的问题。这同样也引起了国内学术同人的极大兴趣,他们希望我充当潜水艇的"潜望镜",能给大家带来更多的信息。

这样写信就成为我几乎每天必做的功课,把在这里看到和想到的东西第一时间记录下来,既是记日记,也是解答大家的提问。秦晖便成为汇总大家的问题和解答这些问题的传送带。那时候他们系里每周三下午都有半天的"政治学习",也就是集中在一起读报纸统一思想。后来很多人告诉我,本来可以找借口推诿掉这枯燥的"政治学习",但是一想到会上可能听到我带来东欧的消息,就守时前往了。有朋友甚至给秦晖起了个"波通社

陕师大分社"的绰号。

刚开始我并没有把了解变革中的东欧当作一个必修功课。因为学习语言、适应环境、阅读资料、展开研究已经使我焦头烂额、自顾不暇,只是抱着一个记录时代变迁的"自觉"意识,有点想像瞿秋白当年赴俄那样做一些真实记录。但是架不住从国内飞来一封封"指向明确"的信,提出越来越多我无法解答的问题,而且这一系列

问题是我坐在教室和图书馆里读书搞不明白的。这就与我原先的学习和研究计划发生了冲突,虽然我都想完成,但时间上很难兼顾。

在学波兰语期间,我多次往返波苏之间,因为不想错过那些重要的历史时刻。1991年12月25—26日苏联解体之时,连续两天我就站在莫斯科红场上。连我们的波兰语老师都问:"你是把在教室里学习语言当作(外出间隙的)一个休整时期吧?"话里话外显然透着不满和批评。虽然罗兹大学语言学院的卡奇马列克院长最后还是让我以不错的成绩结业,但转到华沙大学后,就要决定是否彻底把"副业"变成"主业"。我还真是犹豫了好一阵子,这种专业调整的幅度远在我意料之外。

最后天平倾向于"做转轨的观察者"一方。我感觉在这样一个历史大变动下,能成为亲历者的机会可谓千载难逢。图书馆里需要阅读的俄文资料、书籍可以复印,回国再读,那些历史题目放几年也不会有失去时效的问题,但是错过了观察东欧从计划经济向市场经济转型的机会,可能今生就再也遇不到了。

但是我首先要解决的是如何完成我的进修计划。按正规要求,我们到指定学校和导师沟通以后制定出研究方案,一般来讲在一年后需要用波兰文撰写一篇论文。

我的导师维恰尔盖维奇是华沙大学历史系的教授，主攻方向是波苏关系史，俄语很好。我与他交谈时，俄语和波兰语混着说、断断续续地说、语法错误地说都没问题，他总是能够很快理解我要表达的思想。维恰尔盖维奇虽然满脸大胡子，看着十分老相，实际上年龄只比我大几岁，我私下里简称他为"维师"。他让我先听他的一门课试试看，找找感觉，论文题目自定。

我选择了他的波俄关系史。在罗兹大学学了半年的波兰语，应付日常生活还可以，进入到专业领域词汇量就明显不足。我坐在本科生的教室里，与一帮波兰小帅哥小美女们一起听课，显得很突兀和沧桑，听得也是一头雾水。但我对波俄两国的历史还算了解，只要给出年代、人名大概知道讲的是什么，就这样连蒙带猜稀里糊涂一路听下来。维师的观点不出我所料，在波俄关系的问题上是从波兰的民族立场出发，只不过他对历史事件的分析比一般人要客观细腻得多。

维师的讲课方式十分奇特，与通常从古到今的授课排序方式不同，是一种倒叙方式，以历史大事件为线索。第一节课从当代讲起，从事件过程、结果、造成的影响回溯原因和背景，倒推到上一个时代，就这样从剧变后的波兰一直讲到1569年的"卢布林合并"。第一次接触这种历史讲述方式的确使我大开眼界，对我回国以后授课很有启发,甚至对我后来某部专著的写作方式似乎也有影响,但是对我当时在华沙大学撰写论文并没有实际上的帮助。

我与维师商量,能不能用俄语写一篇文章,由他帮助翻译成波兰文。他考虑了一下,可能想着以我的波兰语水平一时半会也写不出像样的东西,改起来会更费事,于是就"OK!"爽快地答应了我的请求。这样就解决了进修计划,使我从时间上可以解脱出来了。

我对自己的角色确定以后,接下来还需要具备以下几个条件:1.通信手段;2.观察社会的途径;3.所在国的语言;4.一定的经费支持。与驻外记者相比,我有很大的短板,排除语言障碍和缺乏新闻训练不说,面对众

多的新闻线索也懵懂不知要从何处入手。因此在现实观察报道方面并无优势而言。

促使我了解东欧社会的动力,主要是个人兴趣以及秦晖在背后的怂恿,我当时并没有想把我的见闻提供给国内的大众,只是想解答80年代末期之后和我有共同想法之人的疑惑。后来,心底里以自己亲身经历写一本新的《饿乡纪程》的念头逐渐萌发成形。当然,回国以后整理出书是后话了。

先说通信手段。与现在点点鼠标、按按手机就可以把信息发出去的情况大为不同,在电脑使用很不普及和没有互联网的当时,与远在异国的亲人和朋友互通信息只能靠写信,也没有"快递"之说,寄国际航空信至少要一个多礼拜才能寄达。到了波兰寄了几封国际信件后,很快就听前一届的进修生们介绍经验:往国内通信最好最便捷的方式是贴上国内的邮票,让回国的人在国内任何一个邮箱投递,也可以通过使馆信使队的人带回去投递。

80年代末,公派出国人员滞留不归的问题严重,使馆教育处的人特别注重掌握思想动态,每个月至少召集一次会议,集中交换信息,定期做思想汇报。使馆工作人员自己也希望与我们交流,因为他们在社会交往上受限制,反不如我们这些学员活动自如。他们在华沙市内离馆外出都需要申请，去外地更要报批。有一位使馆人员对我说，出国两年来，在国内购置的西装、皮鞋没穿几次，反而是室内拖鞋已经穿坏了四双。因此他们也希望听我们这些到处乱跑者讲讲世道遽变后的社会百态。此外，使馆里还能看到国内的报纸和录像带，有时还能看电影，所以我们去使馆是很勤的。这时候把贴好邮票的信件放在指定地点，就会被信使队的人收集起来带回国再邮寄。

还有一种办法是到机场去送信。我们都有公交月票，到了华沙—奥肯切机场（现在的肖邦机场），只要看到中国大陆的乘客，都可以委托寄信——那时坐国际航班的国人极少，我们这些留学访问人员多是坐国际列车，坐飞机的几乎都是商务人员。

就这样加快了信息传递频率。由于带信人到国内后不见得会马上投进邮筒，所以经常会出现时间错位，后寄的信先到，早写的信反而延后。这期间我和秦晖之间的通信非常频繁，他已经习惯在第一时间得到东欧的新信息，每天开信箱几乎都有收获。但是也有例外，有时一连几天都会摸空，只摸得两手灰，甚至铁皮信箱把手划破了也一无所获，有时却又同时收到好几封来信。为了不致信息错位，以后我从东欧寄出的信件全部进行了编号。

走进异乡的"准人证"

如何切入波兰社会的确是一个很大的问题。当时的经济转轨让东欧知识分子在短暂地经历了政治转型的欣喜若狂后,马上便面临着社会"平庸化"的不适以及经济窘迫的压力。华沙大学历史系的教师每次来上课直奔自己的教室,行色匆匆,包括维师在内都没有时间停下脚步聆听一个中国访问学者的种种疑惑。我拜访过波兰史学界的泰斗加利斯基教授和波兰经济学会主席乌卡舍维奇教授,短时间内以我当时的语言水平,也谈不出什么所以然。我不能在街头散发社会调查问卷,又不能逮住波兰人就问问题。

说白了,我需要有不同行业的波兰朋友,才能够了解波兰社会。那时候,访问学者不谙学业而热衷于赚外快的现象十分普遍,有个访问学者去给一位中医当翻译,回来后总是讲不少从就医的患者那里听到的各种社会现象。这种方式启发了我,虽然我对中国文化"土产店"不热心,也知之不多,但要"和(波兰)群众打成一片",只能借助这个拐棍,顺便可以解决经费问题。

当时波兰人对中国的了解仅仅是李小龙的"功夫"电影,以及中国菜好吃。我首先想到学太极和学中餐这么两招。我们同期有一位在波兰计划统计学院进修的老师，我见他在火车上打过一两趟太极拳，就找他学了一套程式十八法太极。我过去有学体操的底子，学起太极来并不难，对我而言，无非是把"云手""白鹤亮翅""野马分鬃""海底探月"这些招式组合起来就行，至于前后顺序就无所谓了。

关于做菜，我从小看姥姥做菜，插队后直到成家，无师自通地会做几样家常菜。但是要做得好看又有说头，还要口感好，还真需要师傅指点。恰好我碰到一个机会。新华社有一位熟人的孩子是学烹饪的，毕业以后想到波兰的旅游胜地岑斯特霍瓦开一家中餐馆，熟人由于有任务在身无法接送，就委托我代劳跑一趟。

在接送的过程中我趁机请教了几样简易菜肴的做法，像"宫保鸡丁""鱼香肉丝""麻婆豆腐"之类，他又告诉我几样欧洲人喜欢的中西合璧菜肴的制作方法。再加上我原有的储备，想来应该能应付一阵子。有了这些初步"装备"，相当于我获得了接触波兰社会的"准入证"。至于语言只能在实践中提高，经费可以通过"打工"获得。

不久机会来了。在波兰的经济转型期，原来的国字号单位纷纷从全额财政拨款状态转轨"下海"，用我们的语言说叫"自负盈亏"。波兰北部瓦尔米亚—马祖里省省会奥尔什丁市的文化宫不知通过什么关系知道我们的信息，邀请社科院苏东所的刘仲春老师去教气功，经刘老师推荐，也邀请我去教太极和中餐。

奥尔什丁处在波兰东北部的大湖区，二战前是一个属于东普鲁士的德国城市，叫艾伦施泰因，1945年才归属波兰。周围都是水乡泽国与森林，人口不多，整个城市有浓厚的日耳曼骑士团建筑风格，其骑士团城堡仅次于波兰最著名的世界文化遗产马尔堡。但这里地处偏远，并非旅游重地，当时经济也很不景气，主要企业国营大型轮胎厂处在风雨飘摇中。没有这番奇妙的因缘我是难得到这里来的。

没想到在奥尔什丁我初试锋芒受到了极大的欢迎。我的学员分两拨。学太极的是一帮十三至十五岁的半大小子，他们对中国功夫极为向往，仿佛每个中国人都如李小龙般身手不凡。我父亲是山东人，年轻时会一些武功。"文化大革命"期间我参加"大串联"，随后又插队，父亲担心一个女孩子在外会碰到坏人，曾经教过我几招防身手段，这时候拿出来嘚瑟一下恰到好处。尤其当我故意在不经意间摔倒一个男孩子以后，"弟子们"对我这个"二把刀"师傅就更加佩服得五体投地，整个学习过程都非常认真。我的波兰语不好，有时言不达意，但只要我说出俄语单词或者比画一下动作，大家就会七嘴八舌地告诉我波兰语怎么说。几天下来小伙子们都比画得有模有样了,我的波兰语也有了提高。

每当休息的时候气氛非常热烈,徒弟们希望知道中国武侠、中国功夫的一切知识,而我则对波兰经济转轨对各个家庭的具体影响更感兴趣。孩子们讲了各种信息,对我了解波兰社会很有帮助。我回国一两年之后,这些小男孩们还混杂着波兰语、俄语和汉语给我写了一封情真意切的信,希望我能够有机会再次到奥市去教他们。

学中餐的是一帮中老年妇女。她们的热情与小男孩们不同,是关心型的:今天给我一双手套,明天送我一条围巾,后天拿来做饭餐具。她们热衷于了解中国的教育、婚姻、服饰和生活习俗,家长里短的很快我们就拉

近了彼此的距离。

我教的中餐是一门实践课,每天教做一两个菜,并讲解这道菜的食用价值,有点像现在教人厨艺的电视节目。文化馆是初次尝试办这种课程,场地非常简陋,工具、材料全是主妇们自己提供的。

课程结束那天,要求我在她们的观看之下,做出一桌中国菜肴供大家品尝。说实在的,这令我感觉比教太极紧张,毕竟在家里做菜与在众目睽睽下操作不是一回事。我提出要有一个备料过程,事先做了一些准备,采购了一些与中国调味品相近的佐料。最后我使出浑身解数,完成了三道冷菜、九至十道热菜、一份面点、一份汤。

也许是人们对"吃"的兴趣总是更为浓厚,也许是正好赶在饭点上,品尝时文化馆的人都涌了进来,每人只能分到一小勺。对每一道菜我都有一段解说,努力装得很有文化底蕴的样子,其实都是我临时发挥的。由于汤做淡了,我就告诉大家,中餐的"汤"与西餐的"汤"不同,它是饭后用来消食和解腻的。不知是因为大伙不够吃还是我的确发挥出了水平,总之那一天我自己一口没尝到,几乎连汤水都没剩下,全被大伙吃了个一干二净。

最后文化馆的负责人给了我一个超乎预想的评价,他说"这是两百年来自法国人到奥尔什丁以后(盛传

1811年拿破仑征俄前到过此地,举办过一次法式大宴,极为轰动)本城最丰盛最好吃的一桌菜肴"。我知道这是夸大其词的调侃,不能当真,但是从大家饕餮的热情中我感到自己成功了。可惜的是去奥尔什丁的时候没有带照相机,整个过程竟然没有留下一张照片,事后想来未免有些遗憾。

在奥尔什丁初试牛刀获胜,增强了我的自信,等于为我接触波兰社会点亮了放行的绿灯。后来我利用各种机会到波兰农村、矿区、学校、教会接触社会,去了西里西亚矿区,去了波捷边境的跨界城切钦,去了靠近德国的波兹南,在别尔斯科—比亚瓦旁观了波兰人如何引

进外资的谈判,也帮着别人"练摊",还在中国人开的公司里做过秘书。我还经历过一次当地原"团校"拍卖的过程。

大概是由于我会做饭的名声在外,东布罗瓦矿区的后勤集团与产业部门"剥离"后,一家工人大食堂甚至想请我去"承包"。我还参与过一次民办学校的创立过程,再后来又到过东欧诸国。这些"闯荡"的经历变成了一封封书信飞回到"33-211"(我们当时在陕西师大的住址),又变成了朋友圈中交流的话题。

在这个过程中我见到很多就此留下来的中国学生,也曾有过动摇,有过想把接触东欧社会的工具变成今后生存依托的念头。我写信给秦晖说:"要不把你也弄出来,咱们就不回去了。"20世纪90年代初正是国人出国"淘金"的高潮,国内专家学者抛弃专业去国外开餐馆当倒爷的比比皆是,同事中也有不少。在1992年邓小平南方谈话之前,我们都不知道中国的出路在哪里。

秦晖在这一点上倒是丝毫不动摇,他认为出去看看是可以的,但自己的事业在国内,读者在国内。他说如果出去仅仅是为了过日子,他会寂寞死的,感觉自己一点价值都没有,他从来没有想过会以中餐馆老板的身份定居国外。既然他这么坚定,那我们的"既定方针不变",我继续当好"东欧转型观察员"的角色。

回国之后"东欧转型研究"便成为我的学术方向之一,后来这些"素材"陆续变成《新饿乡纪程》《火凤凰与猫头鹰》《十年沧桑》这些作品。2009年、2012年、2014年我又多次去东欧这些转型国家,目前这些国家都已经毫无悬念地融入欧洲,当年的艰辛已成往事。但是我始终对它们的风云变幻保持着兴趣。

现在回过头来看看自己当时写的见闻随笔,仍然十分感慨。很多东西现在看来是"少见多怪"了,然而那的确是一段独特的心路历程,或者如当时我借瞿秋白的典故所说的,这是一段"新饿乡纪程"啊!